三十九級台階

約翰·布肯 著
John Buchan

林捷逸 譯

目次

第一章　死掉的那個人　——004
第二章　送奶人踏上旅途　——021
第三章　愛好文學的旅店主人　——030
第四章　激進派的候選人　——047
第五章　戴眼鏡的修路工　——062
第六章　禿頭的古物收藏家　——075
第七章　持竿等候的釣魚人　——095
第八章　黑石來了　——110
第九章　三十九級台階　——121
第十章　各方人馬會集海邊　——133

致

湯瑪斯・亞瑟・尼爾森（洛錫安邊防軍團）

親愛的湯米：

你我長久以來都喜愛的這種基本故事類型，美國人稱之為「通俗小說」，而我們叫它「冒險故事」——不出所料的故事演進，穿插意想不到的情節轉折。去年冬天生了一場病，無論如何也快活不起來，驅使我為自己寫一篇故事。這本小冊就是成果，在這任性虛構遠比不上事實描述的時代，我希望在書中提到你名字，以茲紀念我們長久以來的友誼。

約翰・布肯

一九一五年九月

第一章　死掉的那個人

那個五月的下午，大約三點鐘的時候，我從金融區返回住所，日子過得相當厭煩。回到故鄉已經三個月，我對此大失所望。如果一年前有人說我將有這樣的感覺，我應該會把它當笑話；但事實的確如此。氣候令我焦躁，一般英國人的言談令我不悅，倫敦的娛樂就像放在太陽下的汽水一樣平淡無趣。

「理查．翰內，」我不斷告訴自己，「你走上錯誤的道路了，老兄，最好趕快脫身。」

一想到最近幾年在布拉瓦約①擬好的計畫，我就幾乎無法克制情緒。我賺了錢，雖然不是頂尖富有，但夠我花用，也規劃各種方式去享受生活。父親在我六歲的時候帶我離開蘇格蘭，從此就沒回過家鄉，所以英國對我而言有幾分像天方夜譚，我打算落腳在此度過餘生。

不過從一開始我就失望了。大約才一個星期，放眼所見令我感到厭倦，不到一個月的時間，已經走遍夠多的餐廳、劇院和賽馬場。我沒有眞心的朋友相伴，或許這是原因。很多人邀我去家裡坐，但他們似乎對我不怎麼感興趣。他們會突然問我一、兩個關於南非的問題，然後又回到自己的話題上。許多帝國思維的女士邀我喝茶，一起見見紐西蘭來的校長，或者溫哥華來的專欄作家，這是最沉悶的事。現在的我就是如此，三十七歲年紀，身體強健，擁有足夠的錢過好日子，結果整天哈欠連連。我差不多確定要收拾行囊，回去非洲南部大草原了，因爲我是全英國最無聊的人。

那天下午，爲了讓大腦活動一下，我一直煩惱經理人關於投資的事，並在回家路上轉往俱樂部——確切來說，是一間接待殖民地會員的酒吧。我長飲了一番，閱讀了晚報。新聞充斥著近東地區的紛爭，還有一篇關於希臘總理卡洛萊茲的文章。我比較喜歡這傢伙。從各方報導來看，他在這場紛爭中似乎是個重要角色，而且可以說是跟大多數人比較起

1：布拉瓦約（Buluwayo）位於非洲南部的辛巴威，是繼首都之後的第二大城市。

來，作風更爲正派。我猜柏林和維也納那些人私底下非常恨他，但他頗孚人望，有份報紙說他是歐洲和世界末日之間唯一的壁壘。我記得自己曾想在這些陣營中找一份工作。心中閃過的念頭，就是阿爾巴尼亞是那種不會讓人打哈欠的地方。

大約六點鐘，我回家盛裝打扮，到皇家餐館用餐，然後去一間音樂廳。那是一場愚蠢的表演，全是蹦蹦跳的女人和扮相滑稽的男人，我沒有待多久。夜色清晰美好，我走路回去波特蘭坊附近租來的公寓。人行道上的人群蜂湧而過，忙碌而吵雜，我真羨慕人們有事可做。這些女店員、職員、時髦人士和警員在生活中各有志趣，讓他們保持前進。我給了一個乞丐半克朗硬幣，因爲看到他在打哈欠，是個同病相憐的傢伙。

到了牛津圓環，我望著春日的天空許願，要給故鄉多一天時間，找到適合我做的事。如果沒有，我就去搭下一班航向好望角的船。

我的公寓是在朗豪坊後方一棟新大樓的一樓，有一座公用的樓梯間，入口處有門房和腳夫，但沒有餐廳這類設施，每間公寓都與其他間徹底隔離。我討厭大樓的僕人，所以雇了一位男僕每天來幫我打理。他在早上八點以前到達，通常晚上七點離開，因爲我從不在家裡吃晚飯。

剛把鑰匙插到門上，我注意到手肘旁站了個人。我沒看到他靠過來，所以突然出現讓我大吃一驚。他是個削瘦的男子，留著棕色短鬍鬚，有一雙小而銳利的藍眼睛。我認出他是頂樓一間公寓的住戶，曾在白天和他在樓梯間消磨過一陣子。

「可以跟你談一談嗎？」他說：「我能進去一會兒嗎？」他努力鎮定語氣，手掌抓住我的手臂。

我開門示意他進去。他一進門就立刻衝向後面房間，那是我通常吸菸和寫信的地方。接著他快步回來。

「門鎖上了嗎？」他迫切地問，然後自己用手栓上門鏈。

「很抱歉，」他低聲下氣說。「這樣非常失禮，但你看起來是能理解的人。情況變棘手了，這星期心裡一直想到你。喂，能幫我一個忙嗎？」

「我會聽你說，」我說：「能答應的僅此而已。」這緊張不安的瘦小傢伙，舉止讓我開始擔心起來。

在他身旁桌上有個放酒的托盤，他爲自己倒了一大杯威士忌蘇打，三口就喝光，然後碰的一聲放下玻璃杯。

「原諒我，」他說：「今晚有一點慌張。你知道，我剛好在這時候死了。」

我坐進一張扶手椅，點燃我的菸斗。

「感覺如何？」我問。相當確定的是我得應付一個瘋子。

他扭曲的臉孔閃過一抹微笑。「我沒有瘋——至少還沒。先生，我一直在注意你，覺得你是個冷靜的傢伙。我也認爲你是個正直的人，不畏冒險犯難。我會向你吐實。我比任何人都需要協助，想知道能否依賴你。」

「繼續講你的故事，」我說：「我會讓你知道。」

他似乎花了好大功夫鼓起勇氣，然後開始講一長串令人費解的故事。我一開始抓不到頭緒，必須插話問他問題。不過要點是：

他是來自肯塔基州的美國人，大學畢業後，由於手頭相當寬裕，於是開始周遊世界。他有寫些東西，幫一家芝加哥報社擔任戰地記者，花了一、兩年時間待在東南歐。我推測他是個通曉外語的人，而且對那些地區的社會非常了解。他十分嫻熟地說出許多人名，我記得都在報紙上看過。

他告訴我自己曾參與政治活動，起初是因爲興趣使然，後來變得身不由己。我看出他是個機靈、孜孜不倦的傢伙，凡事總想追根究底。事情有一點不如他的預期。

讓我說明他告訴我的，而且我能釐清的內容。深藏在那些政府和軍隊背後，有一個龐大的地下活動正進行著，由一群非常危險的人策劃。他意外得知這件事，因而吸引他的注意。他想更深入探查，接著就被發現了。我推測那些人大部分是受過教育、想搞革命的無政府主義者，不過他們背後的金主則是想要藉機發財。聰明人是可以在衰退市場上獲得極大利益，對於想讓歐洲陷入紛亂的雙方來說眞是一拍即合。

他告訴我一些離奇事，正好解開許多長久以來讓我搞不懂的問題——巴爾幹戰爭中發生的那些狀況，一個國家如何突然佔了上風，聯盟爲什麼成立和解體，有些人爲什麼會消失無蹤，以及戰爭的資源來自哪裡。整個陰謀的目標就是讓俄羅斯和德國陷入對立。

當我問他這是爲了什麼，他說無政府主義者認爲這是他們的機會。整個歐洲將都在一個大熔爐裡，他們期盼見到一個新世界誕生。資本家會大撈一筆，買下整片廢墟轉爲財產。他說資本家不辨是非，也沒有祖國。此外，背後還有猶太人，而猶太人恨死俄羅斯了。

「你知道嗎？」他大聲說。「他們已經被迫害三百年，這是爲了大屠殺的雪恥之戰。到處都有猶太人，但是你得走到老遠深處才能發現他。隨便拿一家條頓人的大公司來說，你去洽商遇見的第一個人，可能叫做什麼馮或什麼蘇之類的親王，一位風度翩翩的年輕人，操著伊頓或哈羅公學教養出來的英國腔，但是他無關緊要。如果你的生意夠大，就會見到後面一個下巴突出的巴伐利亞人，額頭微禿，舉止霸氣，他是能夠對你文件拍板定案的德國商人。如果你的生意是最大的那種，必須要見眞正的老闆，十之八九會被帶去見到一位瘦小而臉色蒼白的猶太人，坐在一張浴椅裡，眼神就像響尾蛇般。是的，先生，他就是現在支配世界的人，刀子指向沙皇的帝國，因爲他的姑嬸曾被施暴過，祖先曾在窩瓦河畔某個不起眼的方遭受鞭打。」

我不得不說，他這種猶太無政府主義論調似乎有一點過時了。

「倒也不一定，」他說。「他們某種程度上是獲勝了，但繼續朝著比財富更重要的東西邁進，一個用金錢也無法買到的東西。這是人類古老的戰鬥本性，如果你將戰死，就會創造出某種旗幟和祖國去爲它而戰，如果你倖存下來了，就會熱愛戰鬥這回事。那些可憐的蠢士兵們發現自己另有在乎的事，這就打亂了柏林和維也納那些人攤在面前的漂亮計畫。不過長遠來看，我的朋友們還沒打出最後一張牌。他們已經把王牌藏在袖口，除非我還能再活一個月，否則他們就要出牌取勝了。」

「但我以爲你死掉了。」我插了一句。

「死亡是通往永生之門②，」他笑說。（我聽懂這段引文，大概是我唯一懂的拉丁文。）「我會跟你解釋，不過首先得讓你明白許多事。如果讀過報紙，我想你知道康斯坦汀・卡洛萊茲這名字。」

我聽到那名字就坐直起來，因爲今天下午才讀過關於他的報導。

「他是阻撓他們所有詭計的人。他在整齣鬧劇中主導了情勢，正巧也是個耿直的人，因此在過去十二個月被鎖定爲目標。我察覺這件事，其實也不難，因爲任何笨蛋都能猜到。但我發現他們打算暗殺他的方法，而這消息會引來殺身之禍，這就是我爲什麼非得死掉。」

他要再喝一杯，我親自爲他調酒，因爲我開始對這傢伙感到興趣。

「他們無法在他自己的國土上取他性命，因爲他有伊庇魯斯人組成的護衛隊，那些可是六親不認的狠角色。不過他在六月十五日會來倫敦。英國外交部已經著手籌備一系列國際茶會，其中最隆重的一場就在那天。目前卡洛萊茲被視爲最主要賓客，如果讓我那些朋友爲所欲爲，他將再也無法回到敬仰他的同胞身旁。」

「那不是很簡單，」我說：「你可以預先警告他，要他留在國內。」

「然後讓他們稱心如意？」他嚴厲反問。「如果他不來，他們就贏了，因爲他是唯一能夠化解紛爭的人。如果他的政府接到警告，他就不會來，因爲不知道六月十五日那天會有多大危險。」

「那麼英國政府呢？」我說。「他們不可能容許自己的訪客被謀殺。向他們透露消息，他們會採取額外的防範措施。」

「這也沒用。他們會在整座城市佈滿便衣刑警，加倍警力，然後康斯坦汀依舊躲不過被暗殺的命運。我那些朋友不是玩假的，他們希望有個大好機會，在全歐洲眾目睽睽之下

2：原文是Mors janua vitæ。

除掉眼中釘。他會被一個奧地利人刺殺，然後許多證據顯示這是維也納和柏林一大群人指使的。當然，這些都是惡毒的謊言，但這事件足以讓全世界陷入陰霾。朋友，我不是在大放厥詞。我正好知道這險惡計謀的所有細節，而且可以告訴你，這是自波吉亞家族③以來最精湛的惡行。但這不一定會成功，只要倫敦這裡有某個人，知道整件事的來龍去脈，能夠活到六月十五日當天。這人將是在下本人我，富蘭克林・皮・斯卡德。」

我開始喜歡這削瘦的傢伙了。他的下顎像捕獸器一樣緊合著，銳利雙眼透露出戰鬥的火光。如果是在跟我編故事，他演得還眞像。

「你從哪發現眞相的？」我問。

「我在提洛邦④的阿亨湖畔一間旅館得到最初線索。於是我開始調查，收集其他線索，去過布達佩斯加利西亞區的一家毛皮店，維也納的一間外國人俱樂部，還有萊比錫拉克尼茲街暗巷裡的一個小書店。十天前，我在巴黎將證據整理齊全。現在沒辦法告訴你細節，因爲那有一點像是歷史。心中相當確定之後，我認爲自己該做的就是銷聲匿跡，於是繞了非常離奇的一大圈來到這城市。我離開巴黎時的身分是一個年輕時髦的法裔美國人，在漢堡搭上船時是猶太裔鑽石商人。到了挪威，我是易卜生⑤的一位英國藉學生，正爲課堂收集材料，不過離開卑爾根⑥時則是滑雪特技影片的製片家。我從利斯⑦來到這裡時，口袋裡裝了許多紙漿木材生意提案，還拿出來攤在倫敦的報紙上。直到昨天，我都認爲自己隱匿得非常好，還覺得相當滿意。後來……。」

想到的事似乎讓他心煩意亂，他又大口喝下一些威士忌。

「後來我看到一個人站在社區外的街上。我通常整天都關在自己房裡，只趁天黑後出去溜達一、兩小時。我從窗裡朝他看了一會兒，覺得我認得他……。他過來跟門房交談……。當我昨晚散步回來，發現信箱裡有一張卡片，上面寫的名字是我在這世上最不想見到的人。」

看到面前這人的眼神，以及臉上毫無掩飾的驚恐表情，我覺得自己對他抱持懷疑還眞是慚愧。我提高了一些嗓音，問他接下來要做什麼。

3：波吉亞家族（Borgias）是歐洲中世紀相當顯赫的貴族家族，曾有兩位成員擔任天主教教宗，謠傳家族曾動用許多謀殺、毒殺和賄賂的手段。

4：提洛邦（Tyrol），奧地利西部的一個邦。

5：亨里克・約翰・易卜生（Henrik Johan Ibsen，1828～1906），挪威劇作家，公認為現實主義戲劇的創始人。

6：卑爾根（Bergen）位於挪威西南沿岸，挪威第二大城市。

7：利斯（Leith），蘇格蘭愛丁堡市北部的一個地區。

「我知道自己被困住了，沒有退路，只有一個辦法可以脫身。我必須死掉。如果追捕我的人知道我死了，他們就會罷手。」

「你要如何安排？」

「我跟我的僕人說自己很不舒服，並且讓自己看起來就像快死了。這並不難，因爲我是喬裝高手。然後我找來一具屍體——只要你懂門路，在倫敦隨時都能弄到屍體。我把它裝進大皮箱，放在車頂載回來，還得靠人幫忙抬上樓梯回房裡。你知道，我得準備一些證據來應付驗屍調查。我躺上床舖，叫僕人爲我調一杯助眠飲料，然後請他離開。他想請醫生過來，不過我咒罵了幾句，說自己無法忍受庸醫。剩我一個人的時候就開始佈置屍體。他跟我的身材相仿，我斷定他是死於飲酒過量，所以我在手邊的位置放了些烈酒。下巴是最不像的地方，所以我用左輪手槍把那兒轟掉。我猜明天會有人說，他發誓聽到一聲槍響，不過我那層樓沒有鄰居，所以我想可以冒這個險。我把屍體穿上自己的睡衣放到床上，床單上面擺著一把左輪手槍，周圍還有一大灘嘔吐物。然後我穿上一套專爲緊急狀況準備的衣服。我不敢刮鬍子，免得留下跡證，此外，試圖躲到街上也不是辦法。我整天想到的就是你，而且似乎除了向你求助之外也別無他法。我在自己窗子裡觀望，直到看見你回家，然後溜下樓來找你……。講到這兒，先生，我想你對這件事知道的應該跟我一樣多了。」

他坐著像一隻貓頭鷹般，眨眨眼睛，焦躁地揮舞翅膀，但又不至於完全絕望。到這時候，我相當確定他跟我說的是眞話。這是最離奇的一段敘述，但我人生當中聽過許多不可思議的故事，結果卻是事實。我已經練就一套功夫，要去判斷的是說故事的人，而不是故事本身。如果他想在我公寓找到棲身之地，然後把我殺死，大可編一個比較輕鬆的故事。

「把你的鑰匙給我，」我說，「我去看一看那屍體。原諒我的謹愼，但我得就我所能查證一下。」

他遺憾地搖搖頭。「我猜你會要求這麼做，但我沒帶走鑰匙。它和鑰匙鍊一起放在梳妝臺上。我得把它留在那兒，因爲不能留下任何啓人疑竇的線索。跟蹤我的是相當精明的人。今晚你得先相信我，到了明天，你就會有足夠證據證明屍體這回事。」

我想了一會兒。「好，今晚我就先相信你。我會把你鎖在這房間，帶走鑰匙。一句話，斯卡德先生。我相信你說的是實話，若非如此，你該知道我是個用槍高手。」

「當然，」他說，接著幾分輕快地站了起來。「我還沒那榮幸請教您的尊姓大名，但我可以說你是個善良的人。如果能借我一把刮鬍刀的話就太感謝了。」

我帶他到寢室去，讓他放鬆心情。不到半小時，一個我幾乎認不得的人走了出來，只有銳利渴求的眼神沒變。他把鬍子刮乾淨，頭髮梳中分，還修剪了眉毛。更甚者，他的舉止就像受過軍事訓練，加上棕褐膚色，根本就是典型長駐印度的英國軍官。他有一副單片眼鏡戴在臉上，口音中的美國腔全都消失。

「我的老天！斯卡德先生——」我都結巴了。

「不是斯卡德先生，」他糾正：「是提阿菲羅・迪格比上尉，隸屬廓爾喀第四十兵團，目前休假返家中。先生，請記起來，感謝您。」

我在吸菸室爲他鋪出一張床，然後走回自己寢室，這個月以來心情從沒這麼愉快。事情就這樣偶然發生了，甚至是在上帝都遺忘的這座大城市裡。

隔天早上醒來，我聽見僕人派達克一直猛敲吸菸室的門。派達克是在舒魯圭⑧欠了我很大人情的傢伙，我啓程回英國時就把他帶做僕人。他拙於言辭，服侍工作也不怎麼拿手，但我指望的是他的忠誠。

「別敲了，派達克，」我說。「裡面睡的是我一位朋友，叫做……」（我記不起那個化名了）「去做兩份早餐，然後過來，我有話要說。」

我告訴派達克一個精心編造的故事，說我朋友是多麼重要的人物，因爲工作過度而嚴重神經衰弱，希望能徹底安靜休養。沒人知道他在這裡，否則來自印度事務部和首相的聯繫會把他煩死，那麼療養過程也就毀了。我不得不說斯卡德來吃早餐時演得眞好。他就像一位英國軍官，透過鏡片緊盯派達克，追問對於波耳戰爭⑨的看法，還跟我滔滔不絕扯了許多虛構人物的瑣事。派達克總學不會稱我「先生」，但他一直稱斯卡德「先生」，好像不這麼做就會沒命似的。

我留了報紙和一盒雪茄給他，然後去金融區待到該用午餐的時候。當我返家時，腳夫的臉色顯示有大事發生。

「先生，早上這裡發生可怕的事，住十五號公寓的男士開槍射殺了自己。他們才剛把他送去停屍間，目前警察在樓上。」

我上樓去十五號公寓，看見幾個警察和一位巡官正在調查現場。我問了一些傻問題，他們很快就把我趕走。後來我找到斯卡德的那個僕人，還旁敲側擊試探對方，但我看得出他深信不疑。這傢伙哭喪著臉頻頻抱怨，我給了半克朗打發他。

第二天我出席了調查庭。一間出版公司合夥人作證說，死者曾帶著紙漿木材的生意提案找上門，而且相信他是一間美國公司的代理人。陪審團認定這是精神失常的自殺案，少

8：舒魯圭（Shurugwi，舊名為Selukwe，作者寫做Selakwe），辛巴威中部省的一個小鎮。

9：波耳戰爭是南非波耳人與英國之間發生的戰爭，主要是對英國殖民統治和金礦稅收不滿而發生衝突，第一次發生在1880年至1881年，第二次發生在1899年至1902年。

量遺物交給了美國領事去處理。我把完整過程告訴斯卡德，他感到非常有趣。還說希望能夠親自出席調查庭，因爲覺得這就像去看自己的死亡宣告一樣刺激。

他待在後面房間的前兩天相當平靜，看一看報紙，吸幾根菸，在一本簿子裡寫了許多筆記。每個晚上我們會下一盤棋，都是我慘輸。我認爲他的精神狀況逐漸恢復，他有夠多的時間冷靜下來。但是到了第三天，我看得出他開始焦躁不安。他把六月十五日以前的日期排列出來，每過一天就用紅筆槓掉去倒數日子。有時我發現他陷入沉思，銳利眼神變得空洞，每每沉思之後更顯得沮喪不已。

接著，我看到他又開始變得神經緊張。他留意任何風吹草動，總問我派達克可不可以信任。他有一、兩次大發脾氣，過後又爲此道歉。我沒責備他，盡量保持寬容，因爲他承擔著非常艱鉅的任務。

令他擔憂的並不是自身安危，而是他的計畫是否能成功。這瘦小男子渾身充滿勇氣，毫不鬆懈。有天晚上他顯得非常嚴肅。

「喂，翰內，」他說，「我認爲該讓你更深入了解這件事。我不願自己出去之後，沒剩其他任何人可以繼續奮戰。」他開始告訴我先前只含糊帶過的細節。

我沒很仔細聽。事實上，我比較有興趣的是他個人的冒險歷程，而不是他高度的政治信念。我覺得卡洛萊茲這件事跟我無關，留給他自己處理，所以他說的許多話都從耳邊溜過。我記得他非常確定的是，卡洛萊茲到倫敦之後才會面臨危險，暗殺命令是來自最高層級，而且是絕不會受到懷疑的一群人。他提到一位女士的名字——朱莉雅．塞切妮，她跟這次暗殺有關。我猜她是個誘餌，要讓卡洛萊茲脫離保鏢的視線。他也提到一個稱爲「黑石」的組織和一個說話口齒不清的男人，還特別描述了一位每次提及都讓他渾身戰慄的人——一個嗓音年輕的老人，像隻瞇起眼睛的獵鷹。

他也說到許多關於死亡的話題。他非常渴望完成任務，即使犧牲生命也在所不惜。

「我想那就像在非常疲累的時候去睡個覺，醒來是一個夏日早晨，窗外傳來乾草的芳香氣味。我以前在那青草如茵的家鄉時，就經常感謝上帝賜予我如此的早晨，我想如果醒來是在約旦河彼岸，自己仍會對祂心懷感激。」

第二天，他的情緒更好，大部分時間都在讀石牆．傑克森⑩的傳記。我和一位事業上必須碰面的採礦工程師外出吃晚餐，然後在十點半左右回來，那正是我們睡前下棋的時刻。

我記得自己嘴上叼著雪茄，推開吸菸室的門。房裡燈沒點亮，讓我覺得奇怪，心想斯

10：湯瑪士．喬納桑．傑克森（Thomas Jonathan Jackson，1824年～1863年），美國內戰時南軍著名將領，綽號「石牆」（Stonewall），所以又被稱為石牆．傑克森。

卡德是不是已經睡了。

我打開開關，但房間裡沒人。接著，在遠處牆角看到的情景，嚇得我雪茄掉落，冒出一身冷汗。

我的客人四肢攤開仰躺著，一把長刀刺穿心臟，將他釘在地板上。

第二章　送奶人踏上旅途

我坐進一張扶手椅，覺得非常想吐。就這樣持續了五分鐘，緊接著是一陣毛骨悚然。那可憐的傢伙躺在地上，蒼白的臉孔瞪大眼睛，這已超出我能承受的景象，於是設法弄來一塊桌布將它蓋住，然後搖搖晃晃走向櫥櫃，找到白蘭地大喝幾口。我曾看過人們被凶殘殺害，實際上我在馬塔貝列戰爭①中也親手殺過幾個人，但這屋子裡的冷血行爲則是另一回事。我想辦法冷靜下來。看一看自己手錶，現在是十點半。

1：馬塔貝列戰爭（Matabele War）是恩塔貝列（Ndebele，又稱Matabele）王國（現今的辛巴威）和英屬南非公司之間的爭戰，第一次發生於1893年至1894年，第二次發生於1896年至1897年。

腦子突然想到一件事，我存細察看整間公寓。沒有其他人在這兒，也沒人留下任何足跡，但我把所有窗子關上，拉下窗簾，將門鍊栓好。這時我恢復神智，可以開始思考。我花了大約一小時把事情弄清楚，但並不著急，因爲除非兇手回來這裡，明早六點以前我都有時間好好考慮。

很顯然我陷入麻煩了。若說我對斯卡德的故事隱約抱有任何懷疑，現在也都消失殆盡。最好的證明正躺在桌布底下。知道他握有情報的人們不但找到他，還用最確定的方式讓他保持沉默。這也沒錯，但他待在我房裡四天，他的敵人一定想到他會向我透露消息。所以我可能是下一個被殺的人。可能就在今晚，或者是隔天，又或者是後天，不管怎樣我大限已到。

我突然想到另外的可能。假如我現在出去找警察來，或者就去睡覺，到早上讓派達克發現屍體然後報警。我得準備怎樣的說詞跟派達克講？我已經對派達克謊稱他身分，整件事看起來更將疑點重重。如果我全盤托出，將他告訴我的每件事也告訴警察，他們大概只會一笑置之。我非常可能被控謀殺，間接證據足以讓我走上絞刑臺。很少人知道我在英國，沒有眞正的好友可以挺身而出爲我人格背書。也許這就是那些神秘敵人玩的花招。他們在各方面都很精明，若要在六月十五日以前除掉我，把我關進監獄跟插一把刀在我胸口一樣有效。

此外，如果我說出一切，而且奇蹟似的被相信了，那也正中他們下懷。卡洛萊茲將會待在自己國內，這是他們希望看到的。不知怎麼的，想到斯卡德死去的那張臉孔，我就激發出一股要追隨他遺志的熱忱。他已經死了，但他把秘密託付給我，幾乎註定我得繼續執行他的工作。

你也許會想，一個面臨生命危險的人竟然有如此荒謬的念頭，但那是我對此事的看法。我的確是一個普通人，不比其他人勇敢，但我痛恨見到好人落敗，假如我能代替斯卡德行俠仗義，他的人生將不只是被那把長刀就此了結。

我花了一、兩個小時釐清想法，然後做出一個決定。我必須想辦法消失蹤影，而且藏匿到六月的第二個星期結束，同時還得找途徑聯繫政府人員，告訴他們斯卡德跟我講的事。眞希望他先前能跟我講更多，而我對於他講的有限內容能聽得更仔細。我只知道最有限的事證。有一個很大的風險，那就是我即使安然度過其他危險，最終仍不被相信。我得賭上運氣，並且期望發生一些事，能讓我的敘述在政府眼裡獲得證實。

我的首要工作就是在未來三個星期不斷逃跑。今天是五月二十四日，意味著我得躲藏二十天，直到冒險接近政府相關人士。我推測將有兩批人馬尋找我——斯卡德的敵人打算讓我消失，警察爲了斯卡德謀殺案對我發佈通緝。這將是一場驚心動魄的追逐，奇怪的是這番前景竟令我感到鼓舞。我已經萎靡許久，任何行動都能讓我欣然接受。如果不得不坐在那具屍體旁等待命運安排，我就跟被壓死的蠕蟲沒兩樣，但如果生死操在自己手上，那我準備心甘情願去面對。

我接著想到的是，斯卡德是否持有任何跟他相關的文件，在這事件上可以給我更好的線索。我掀開桌布，搜查他的口袋，因爲不再對這屍體感到害怕。對於被瞬間擊倒的人來說，那張臉孔顯得出奇平靜。上衣口袋沒東西，背心口袋只有幾枚零星硬幣和一個雪茄架。褲子口袋有一把小刀和幾枚銀幣，夾克口袋有一個陳舊的鱷魚皮雪茄盒。我看他寫筆記的黑色小簿子不見蹤影，毫無疑問應該是被兇手拿走了。

但我搜查一半時抬頭，看見寫字桌有幾個抽屜被拉開。斯卡德絕不會讓抽屜開成那樣，因爲他是最井然有序的人。一定有人找過東西——也許是找那本小簿子。

我把公寓走一圈，發現每樣東西都被徹底檢查過——書本內頁、抽屜、碗櫃、盒子，甚至我掛在衣櫥裡的衣服口袋，還有飯廳的餐具櫃。這些地方都沒有小簿子的蹤跡。最有可能的是敵人已經找到它，但不是在斯卡德身上找到的。

我拿出一本地圖集，看著一張不列顛群島的大地圖。我的想法是動身前往某個荒野地區，非洲大草原上的技能多少可以派上用場，而我在城市裡就像一隻被困住的老鼠。我考慮往蘇格蘭去是最好的，因爲我家就是蘇格蘭人，我能像一個普通蘇格蘭人般暢行無阻。一開始曾有念頭想要假扮德國觀光客，因爲我父親以前有德國合夥人，我從小就會說相當流利的德語，更別提曾在德屬達瑪拉蘭②花三年時間探勘銅礦。但我衡量了一下，蘇格蘭人的身分比較不顯眼，也比較不符合警察可能知道的我的過往。我鎖定加羅威③是最佳地點，就目前的計算，它是距離這裡最近的蘇格蘭荒野地區，而且從地圖上來看，人口也不會太多。

查過火車時刻表，有班車會在七點十分從倫敦聖潘克拉斯車站出發，下午晚些時候我就可以在加羅威的任何車站下車。這班車很適合，但更重要的是我如何去聖潘克拉斯車站，因爲我很確定斯卡德那些朋友會在外面監視。這讓我有一點傷腦筋，接著突然有個靈感，想到這兒就去床上睡了不安穩的兩小時。

我在早上四點起床，打開寢室的百葉窗。美好的夏日清晨，天空泛著微光，麻雀開始啁啾不停。我的心境有了巨大改變，感覺自己是大笨蛋。我開始想讓事情順其自然，並且相信英國警察會從合理角度看待我的案子。但我重新檢討處境，找不到任何論點可以推翻昨晚的判斷，於是撇了撇嘴，決定繼續執行我的計畫。我沒有任何恐懼，只是不想自找麻

2：達瑪拉蘭（Damaraland）是非洲納米比亞中北部的一個地區。

3：加羅威（Galloway）是位於蘇格蘭西南方的一個地區。

煩，希望你懂我意思。

我找出一套穿舊的花呢套裝，一雙結實的靴子，還有一件法蘭絨帶領襯衫。我在口袋裡塞了一件備用襯衫，一頂布帽子，幾條手帕，還有一把牙刷。兩天前才剛從銀行提領大量金幣，以備斯卡德急需之用，我拿了其中一串從羅德西亞④帶回來的五十英鎊金幣。這些就是我需要的全部東西。然後我洗了個澡，把又長又垂的八字鬍修剪到只剩鬍髭。

現在來到下一步驟。派達克通常在七點三十分準時到達，自己用鑰匙開門進來。但依照過去不悅的經驗，大約六點四十分時，送奶人會伴隨著噹啷噹啷吵雜聲出現，將我的牛奶放在門外。我曾有幾次早起外出騎馬時見過那個送奶人。他是身高和我相仿的一個年輕人，留著雜亂的鬍子，穿著一身白工作服。我把機會賭在他身上。

我進去漆黑的吸菸室，晨光漸漸從百葉窗穿透進來。我從櫥櫃拿了幾塊小麵包，倒了一杯威士忌蘇打，在這裡吃了早餐。這時已接近六點鐘，我拿了一個菸斗放進口袋，準備將隨身菸草袋裝滿，就到壁爐旁桌上的菸草罐裡抓幾把菸草。

當手伸進菸草堆時，我的手指碰到硬梆梆的東西，拿出來的是斯卡德的黑色小簿子。

這對我似乎是個好兆頭。掀開屍體上的桌布，那臉孔顯現的平和莊嚴令我感到吃驚。

「再見了，老傢伙，」我說：「我會爲你盡我所能。不管你在哪兒，祝福我吧。」

然後我在門廳閒晃，等待送奶人。這是最難熬的一段時間，我努力克制不要走出門外。六點三十分過了，然後六點四十，但他依然沒到。這白癡偏偏挑這天遲到。七點十五又過了一分鐘，我聽到外面傳來瓶子碰撞的噹啷聲。我打開前門，人就在那兒，吹著口哨，從身上扛的一大堆牛奶裡取出我的那幾瓶。他看到我嚇了一跳。

「進來一會兒，」我說，「我有話跟你講。」然後我帶他到飯廳。

「我覺得你是個懂得玩的人，」我說，「希望你幫我一個忙，把你的帽子和工作服借我十分鐘，這枚金幣給你。」

他一看到金幣就睜大眼睛了，然後咧嘴微笑。「什麼遊戲啊？」他問。

「在打賭，」我說。「現在沒時間解釋，如果我要贏，就得在接下來的十分鐘扮演送奶人。你只需待在這裡等我回來，可能被耽誤一會兒，但沒人會抱怨，而且你可以得到這一英鎊。」

「好！」他爽快地說。「我不是那種會壞了興致的人。衣服在這兒，給你。」

我戴起他的藍色平頂帽，穿上白色工作服，拾起牛奶瓶，碰地關上門，吹著口哨走下樓。樓梯下的腳夫要我閉上嘴，看來我裝扮得算是成功。

4：羅德西亞（Rhodesia），辛巴威的舊稱。

我一開始以爲街上沒人，後來看到一百碼外站了個警察，還有個遊民拖著腳步走在對街。有股衝動讓我抬起視線望向對面房子，在一樓某扇窗子裡有張臉。當遊民通過時朝上看了看，我想像他們在交換暗號。

我過了街，興高采烈吹著口哨走，模仿送奶人大搖大擺快活地走在路上。然後我走進第一條小巷，順著來到左彎，轉往一條四周有些荒僻的小街。街上空無一人，我把牛奶瓶藏在圍籬後面，帽子和工作服也留在那邊。我才剛戴上自己的布帽，轉角處就走來一個郵差。我向他問聲早安，他沒起疑也回應了一聲。這時候，附近教堂敲響七點整的鐘聲。

現在一分一秒都不能浪費。我一到尤斯頓路上就邁開腳步狂奔，尤斯頓車站的時鐘顯示現在七點過五分。到達聖潘克拉斯車站時已經沒時間買票，不管它，反正我還沒決定目的地。一個腳夫告訴我搭車的月台，當我一進到月台就看見火車已經開始移動。兩位站務人員擋住去路，但我閃過他們，攀進最後一節車廂。

三分鐘後，我們呼嘯通過北邊隧道，一個怒氣沖沖的車掌盤問我，給我開了一張到紐頓．斯圖爾特⑤的車票，這地名是我突然之間想起來的，然後將我從藏身的頭等車廂帶往三等吸菸車廂，跟一個水手和一位帶小孩的肥胖婦女擠在同一間。車掌滿嘴牢騷地離開，我一邊擦著額頭，同時用濃厚的蘇格蘭口音向身旁的人說，趕火車眞是個辛苦工作。我已經開始扮演自己的角色。

「那車掌很蠻橫！」婦女憤憤地說。「該找個蘇格蘭人把他換掉。他一會兒抱怨這小孩沒買車票，一會又說那女孩到秋天才滿四歲，還不讓這位男士吐痰。」

水手愁眉苦臉表示同意，而我在這抗議權威的氣氛下展開新生活。我想起自己在一星期前才覺得這世界很無聊。

5：紐頓．斯圖爾特（Newton-Stewart），位於蘇格蘭西南部的一座小鎮。

第三章　愛好文學的旅店主人

那天往北行駛的路途上，我帶著肅穆的心情。那是五月宜人的氣候，樹籬上開滿山楂花，我不禁要問自己，爲什麼能夠自由行動時一直待在倫敦，沒見識到故鄉美好的一面。我不敢去餐車，但在里茲①站買了一份午餐籃，跟那胖女人一起分著吃。我也買了早報，上面寫著賽馬開跑和板球賽季揭幕的新聞，還有一些短訊提到巴爾幹情勢要如何平息下來，以及一支英國艦隊正駛向基爾②。

看完報紙，我拿出斯卡德的黑色小簿子研究內容。簿子裡都是草草寫下的筆記，大部分是數字，不時穿插一個名字。例如，我發現「霍夫高」、「呂內維爾」和「阿弗卡多」這幾個字眼經常出現，特別是「帕維亞」這個字。

我現在知道斯卡德做任何事都有其原因，所以相當確信這些代表一種密碼。我對密碼這東西一直都有興趣，波耳戰爭期間在德拉戈③擔任情報官時，自己就曾用過一些。我滿有下棋和猜謎這方面的才能，過去一向認爲自己善於破解密碼。這類數字密碼是用一組數字對應到字母表裡的字母，但任何夠聰明的人花一、兩小時就能看出端倪，我不認爲斯卡德會安心用這麼簡單的東西。所以我把注意力放在文字上，因爲如果選好關鍵字來給定字母順序，你就可以做出相當好的數字密碼。

我嘗試了四個小時，但找不出任何解答。於是我睡了一會兒，在鄧弗里斯④醒來匆匆下車，正好趕上開往加羅威的普通車。月台上有個男人，我不喜歡他的眼神，但他完全不瞧我一眼，當我從一台機器的鏡面上看到自己影像時就不覺得訝異了。棕褐色的臉孔，陳舊的花呢套裝，無精打采的模樣，根本就是典型的山地農民，正擠進侷促的三等車廂。

1：里茲（Leeds），英格蘭中北部西約克郡的大城。
2：基爾（Kiel），德國北部的城市。
3：德拉戈灣（Delago Bay）是非洲東部莫三比克南方一處海灣的舊稱，現稱馬普托灣（Maputo Bay）。
4：鄧弗里斯（Dumfries）是蘇格蘭南方一座小鎮。

我跟六、七個人坐在一起，四周滿是陶菸斗冒出的劣質菸味。他們來自每週市集，嘴裡談的都是價錢。我聽到羔羊已經貴到不合理，還有許多其他莫名其妙的灌水價格。大概一半的人都已吃飽喝足，所以他們沒注意我。火車轟隆隆緩慢駛過幾條樹木叢生的小山谷，然後來到一片廣闊的石楠荒原，遠方海灣泛著粼粼波光，藍色高山橫亙在北邊。

大約五點鐘時，乘客已經走光，車廂裡如我所願只剩自己一人。我在下一站下車，這裡位於沼澤地中央，地方小到我幾乎沒注意地名。它讓我想起非洲南部乾旱高地上眾多被遺忘的車站之一。一位老站長正在花園裡掘土，他把鏟子扛到肩上走向火車，簽收一個包裹，然後又回去挖他的馬鈴薯。一個十歲小孩跟我收了票，接著我走上一條白色馬路，蜿蜒在褐色荒野間。

這是個心曠神怡的暮春傍晚。每座山就像水晶雕刻般線條清晰，空氣中傳來奇妙的沼澤草根味，但如同海風一樣清新，對我心情產生不可思議的影響。我真覺得自己有顆年輕的心，彷彿是個小男孩在假日出外踏春，而不是警方急於追緝的三十七歲男子。以往在非洲高地草原上的寒冷早晨，啓程長途跋涉時就是這種感覺。你可能不相信，我竟吹著口哨，一派輕鬆走在路上。腦子裡沒有計畫，只是在這寧靜樸實的山間不斷走下去，因爲愈走心情愈好。

我從路邊樹叢砍了一根榛木枝當手杖，不久之後離開大路轉往小徑，延著一條有潺潺流水的山谷前進。我估計追蹤的人還在遙遠後方，因此今晚可以放輕鬆。相隔上次吃到東西已經好幾小時，走到座落瀑布旁的一間牧羊人農舍時，我已經非常餓了。一位臉孔黝黑的女人站在門旁，帶著鄉間的羞澀親切向我打招呼。當我詢問是否可以借宿一晚時，她告訴我歡迎使用「閣樓床鋪」，然後很快就爲我端來豐盛的晚餐，有火腿、雞蛋、司康和濃濃的甜奶。

天色全暗時，她的男人從山上回來，是一個削瘦高大的人，跨一步距離是普通人的三步。他們沒對我問東問西，因爲具備了鄉間居民的好教養，但我看得出他們認爲我是生意人，還花一番功夫去確認他們的看法。我講了許多關於牛的事，男主人在這方面所知不多，然後我從他那兒打探到許多加羅威地方市場的消息，記在腦子裡以備將來用得著。十點鐘，我在椅子上打起瞌睡，於是「閣樓床鋪」迎來一位疲憊的男子。我再次睜開眼睛已是早晨五點，小農家又開始一天作息。

他們拒收任何報酬，六點時我吃了早餐，然後繼續大步往南走。我的想法是回去鐵路那邊，從昨天下車的地方往回多坐幾站，接著再折返。我推估這是最安全的方法，因爲警察自然會想，我離開倫敦會朝西邊某個港口方向不斷遠離。我認爲自己還領先一大段，因爲要將罪行歸咎於我得花幾小時，然後再花幾小時才能確認在聖潘克拉斯搭上火車的那傢伙是我。

今天仍是清爽宜人的春天氣候，我根本無法設想憂心忡忡是怎樣的感覺。事實上，這是我幾個月來精神較好的時候。我越過一長條荒原山脊，沿著一座高山的山腳往前走，牧羊人稱它凱恩斯莫爾艦隊山⑤。在此築巢的麻鷸和鴴鳥四處鳴叫，溪流旁的環狀綠地散布著一隻隻羔羊。過去幾個月的無精打采全都從身上漸漸消退，我就像一個四歲孩童快步走。走著走著，我來到一處隆起的高地，底下伸入小溪谷，在一英里外的石楠樹叢那兒，我見到火車冒出的灰煙。

我抵達那車站時，發現很符合我的理想。荒原圍繞四周，僅有的空間只容得下細長的支線鐵道，一座候車室，一間售票亭，站長的小屋，還有種了醋栗與石竹的小院子。看來沒有任何道路通往這裡，半英里外的冰斗湖，湖水輕輕拍打灰色花崗岩岸，更是增添了幾分孤寂感。我在石楠樹叢深處等待，直到看見一列往東行駛的火車在地平線上冒出灰煙，於是走向那間小售票亭，買了一張前往鄧弗里斯的車票。

車廂裡僅有的乘客是一個老牧羊人和他的狗——一隻翻著白眼，令我心生提防的畜牲。老人在睡覺，身旁椅子放著今天早上的《蘇格蘭人報》。我一把抓起報紙，因爲心想或許能看到一些消息。

報紙上有兩欄波特蘭坊謀殺案的新聞，他們是下這樣的標題。我的僕人派達克報了警，結果送奶人被逮捕。可憐的傢伙，看來送奶人賺那金幣還眞辛苦，但對我來說這價格很划算，因爲昨天他似乎拖延了警方大部分時間。最新消息的報導裡，我看到事件的後續發展。送奶人被釋放，眞兇身分警方三緘其口，料想已搭上一班往北的火車逃離倫敦。有一則簡短標註提到我是那間公寓的屋主，我猜那是警察安插的笨招術，要我相信自己沒受懷疑。

報紙上沒別的重要事，既沒國際政治或卡洛萊茲的新聞，也沒斯卡德會感興趣的消息。我放下報紙，發現正接近昨天下車的車站。挖馬鈴薯的站長已經在忙些什麼，因爲西行的火車在等我們通過，上面下來的三個人不斷問他問題。我猜他們是被蘇格蘭場派來的當地警察，跟蹤我到這個偏僻支線。我緊靠車窗側邊，小心觀察他們。其中一個人拿著簿子，寫下筆記。老站長似乎變得不耐煩，但跟我收票的小孩講得喋喋不休。一夥兒人望著白色馬路離去的方向，我希望他們繼續在這裡追蹤我。

當我們駛離車站時，老牧羊人醒了。他的視線一直朝我游移，沒好心眼地踢著他的狗，然後開口問自己在哪裡。顯然他喝得非常醉。

「戒酒戒成……這副德性，」他看起來很懊悔。

5：凱恩斯莫爾艦隊山（Cairnsmore of Fleet）是蘇格蘭南部高沼地上的一座孤山，是一大片光禿的花崗岩塊。

我露出驚訝的表情，以爲他應該是個最有毅力的人。

「唉，但我是個有毅力的戒酒者，」他好面子地說。「我在聖馬丁節⑥發了誓，從此沒碰任何一滴威士忌，甚至過年也沒碰，儘管受到極大誘惑。」

他把穿著鞋子的雙腳晃蕩到椅子上，不修邊幅的那顆腦袋塞進椅墊裡。

「這就是報應，」他埋怨著。「頭痛得要命，安息日的時候得找別的方法。」

「怎麼搞的？」我問。

「他們給我白蘭地。身爲戒酒者，我不碰威士忌，但每天小喝幾口這種白蘭地，我懷疑這下子兩個星期都好不了。」他的聲音漸漸變含糊，睡意再次回到他身上。

我的計畫是往前坐到某站下車，但火車突然停在一座橋樑尾端，底下是滾滾的泥濁河水，這給了我更好機會。我向外張望，每節車廂窗子緊閉，火車四周不見人影。於是我打開車門，迅速跳進鐵路旁的榛木叢。

原本應該相當順利，但就因爲那該死的狗。牠以爲我拿了主人的東西逃走，於是開始狂吠，還幾乎咬到我褲子。這驚動了所有乘客，他們全站到車門旁大聲嚷嚷，以爲我要自殺。我爬過灌木叢，來到河岸邊，在枝葉掩護下前進了一百碼左右。找到遮蔽之後回頭看，看到車掌和幾個乘客聚集在敞開的車門附近，朝這方向一直瞧。我不該在這麼眾目睽睽下離開，只差帶個喇叭手和管樂隊一路吹吹打打。

幸虧喝醉的牧羊人轉移了眾人注意。他和那隻繫在腰間的狗突然跌落車外，腦袋撞到鐵軌，然後翻了幾圈從岸邊滾向河水。眾人趕去搭救的過程中，那狗咬了某個人，我聽到激烈的咒罵聲。現在沒人管我了，匍匐前進幾百碼後冒險回頭看，火車又開始移動，逐漸消失在山路上。

我身處半圓弧的荒原上，泥褐色河流穿過中間，綿延的高山圍在北方。這裡杳無人跡，只有嘩啦啦的水聲和無止盡的麻鷸鳴叫。但說也奇怪，這是我第一次感覺到被追捕的恐懼。追我的不是警察，而是另有其人，他們知道我曉得斯卡德的秘密，不敢讓我繼續活下去。我確信他們具有英國警察所不知的強烈意圖和警戒心，一但被他們的利爪攫住，就不用期待任何憐憫。

我看一看身後，放眼望去空無一物。陽光把鐵軌和河中石頭照得閃閃發亮，世上找不到比這更平和的景象。不過我開始奔跑起來。在沼澤的溪溝裡蹲低身子，跑到汗水淋漓模糊了視線。我擺脫不掉這緊張情緒，直到抵達山腳，氣喘吁吁爬到河水上游的一處山脊上。

6：聖馬丁節（Martinmas）是每年十一月十一日，為紀念天主教聖人聖馬丁的慶祝日。

從這有利的位置，我能掃視遠至鐵道那邊的整片荒原，還有更南方取代了石楠樹叢的綠色原野。我有像獵鷹般的好眼力，不過看不到任何東西在鄉野中移動。接著我朝山脊下的東邊望去，看到截然不同的景象——淺綠山谷佈滿冷杉森林，隱約幾道塵土飛揚代表那裡有公路。最後我望向五月的天空，看到的東西令我心跳加速……

南方天際有一架單翼飛機升空。我非常確定，如同已被告知般，那飛機在搜尋我，而且那一定不屬於警察的。我躲在石楠樹叢觀察它一、兩小時。它沿著山頭低飛，然後在我走過的山谷上不斷盤旋。接著它似乎改變主意，爬升到高空飛回南方。

我不喜歡這種來自天上的監視，開始認爲選擇逃到鄉野或許沒那麼好。如果我的敵人在空中，這些灌木山丘沒辦法提供掩護，必須找不一樣的庇護所。我看山脊下的綠地比較理想，因爲可以找到樹林或者石屋。

大約傍晚六點鐘，我離開空曠的荒原，走去一條如白色緞帶般的小路，在狹窄的溪谷裡蜿蜒攀升。我沿著道路走，田野變得曲折，溪谷又變成台地，不久來到像隘口的地方，一間孤零零的房子在暮光中冒著炊煙。道路轉向一座橋，一位年輕人靠在欄杆上。

他抽著一管長長的白菸斗，戴了眼鏡細細察看那河水。左手拿著一小本書，手指夾在閱讀的地方，他緩緩複誦著——

當獅鷲穿過荒漠原野時，
鼓動翅膀，翻越山丘與深谷，
牠追逐著阿里瑪斯皮亞人。

當我腳步踏上楔石橋，他猛然轉身，我看到一張皮膚曬黑，討人喜歡的孩子氣臉孔。

「晚上好，」他莊重地說。「這美好的夜晚適合趕路。」

泥煤煙味和燒烤香氣從房子那兒向我飄來。

「這是旅店嗎？」我問

「任憑吩咐，」他有禮貌地說。「我就是店主，先生，希望您今晚住下來，因爲老實告訴您，我已經有一個星期沒客人了。」

我拉了自己一把坐上欄杆，將菸斗塡滿菸草，開始向他攀談。

「你這麼年輕就當上旅店老闆。」我說

「我父親一年前去世，把生意留給我。我和祖母住在這兒。對年輕人來說，這是個乏味的工作，而且也不是我想選擇的職業。」

「你想做什麼？」

他眞的有些臉紅。「我想寫書。」他說。

「那還能要求什麼更好的機會？」我喊說。「老兄，我常認為旅店老闆可以成為世上最會說故事的人。」

「現在沒辦法了，」他熱切地說。「也許以往日子，你會遇到來來去去的朝聖客、走唱歌手、攔路劫匪和郵件馬車。但現在沒了，只有滿載胖女人的車暫停下來，讓她們吃個中飯，春天時或許來一、兩個漁夫，秋天時幾個打獵的住客。沒有太多素材可以寫故事。我想環遊世界，見識不同的生活，寫出像吉卜林⑦或康拉德⑧一樣的作品。但我至今頂多是在《錢伯斯週報》刊登過幾首詩。」

我看著被落日餘暉照得金黃的旅店，矗立在灰暗的群山背景前。

「我對這世界還算有見識，不會小看像這樣的僻靜之地。你是否認為冒險故事只發生在熱帶地方，或者穿著紅衫的名流紳士間？也許此時你跟它正好擦身而過。」

「吉卜林就是這麼講的。」他眼神閃亮地說，並且引述了「浪漫在九點十五分啟程」這樣的詩句。

「有個真實故事可以告訴你，」我大聲說，「你一個月後就可以寫出一部小說。」

坐在五月黃昏的橋頭上，我跟他講了一個動人的故事。雖然修改了一點細節，基本上也算是真實故事。我說自己是來自金伯利⑨的金礦大亨，因為非法鑽石買賣惹上麻煩，還揭發了一幫匪徒。他們跨海跟過來，殺了我最好的朋友，現在就追在後面。

雖然覺得不該如此，但我把故事說得栩栩如生。我描繪了一場跨越喀拉哈里沙漠到德屬非洲的逃亡，踏在乾燥碎土地上，受盡烈陽無情烘烤，度過天色如藍絲絨般的美妙夜晚。我敘述返鄉途中遭遇一次危及生命的攻擊，還把波特蘭坊謀殺案說成是非常可怕的事件。「你在找冒險故事，」我高聲說，「它就在眼前。那幫惡匪尾隨著我，警察又在追捕他們。這是一場我非贏不可的競賽。」

「天啊！」他猛然倒吸一口氣，低聲說到：「根本就是萊特．哈葛德⑩和柯南．道爾⑪的小說情節。」

7：魯德亞德．吉卜林（Rudyard Kipling，1865～1936年）是英國作家及詩人，1907年獲得諾貝爾文學獎。

8：約瑟夫．康拉德（Joseph Conrad，1857～1924年）是波蘭裔英國小說家，被公認是用英語寫作最偉大的小說家之一。

9：金伯利（Kimberley）是南非中部城市，北開普省的首府，是世界上著名的鑽石中心。

10：萊特．哈葛德（Rider Haggard，1956～1925年），英國小說家，多以冒險故事為題材，著名的《所羅門王的寶藏》就是他的作品。

11：柯南．道爾（Conan Doyle，1859～1930年），英國小說家兼醫生，最著名的是塑造福爾摩斯這角色，成為傑出的偵探小說家。

「你相信我。」我說得很感激。

「當然，我相信，」他伸出手來握我的手。「我相信一切非比尋常的事。唯一懷疑的是平凡之事。」

他很年輕，但依我看來正是我所需要的人。

「我想他們暫時跟丟了，但我必須藏個幾天。你能帶我進屋子裡嗎？」

他熱心抓住我手肘，拉著我往房子走去。「你可以舒舒服服藏在這裡，就像躲在地洞一樣安全。我還會注意不要有人聲張。然後你要告訴我更多關於你的冒險故事。」

當我一進到旅店門廊，就聽見遠方傳來引擎聲。映在西邊昏暗天空上的側影，是尾隨我的同伴，那架單翼飛機。

他給我一間旅店後面的房間，有很好的視野可以俯看台地，還讓我自由使用他的書房，裡面堆滿他喜愛作家的平裝版書籍。沒看到那位祖母，所以猜她應該是臥病在床。一位叫瑪格麗特的老婦人來給我送餐，店主則是片刻都沒離開身邊。我需要獨處的時間，於是找一件差事給他做。

他有一輛摩托車，我在隔天早上請他去買早報，因爲通常下午晚些時候郵差才送來報紙。我告訴他眼睛要放亮，記下任何他看到的可疑人士，還要隨時特別注意汽車或飛機。然後我坐下來，認眞研究斯卡德的筆記簿。

他在中午帶著《蘇格蘭人報》回來。報上沒有重要消息，除了提到派達克和送奶人進一步的證詞，以及重複昨天的聲明說犯人已經往北逃逸。但有一篇轉載自《泰晤士報》的長篇文章，內容有關卡洛萊茲以及巴爾幹當前情勢，但沒提到任何來訪英國的計畫。我在下午又支開了店主，因爲破解密碼已經到了緊鑼密鼓的階段。

如同我所說的，這是一套數字密碼，經過一番精心試驗後，我清楚發現何處是空格和句點。麻煩的是那關鍵字，我想遍他可能採用的各種古怪字眼後覺得相當無望。但是大約三點鐘時，我突然有了靈感。

朱莉雅．塞切妮這名字閃過我腦海。斯卡德曾說它是卡洛萊茲行動的關鍵，於是我拿來套用在他的密碼上。

行得通了！朱莉雅這五個字母的「Julia」給了我母音字母的位置。J代表A，是字母表中第十個字母，用X來表示。U代表E，這第二十一個字母用XXI來表示，以此類推。

塞切妮的「Czechenyi」給了我主要子音字母的表示數字。我將這套系統塗鴉在一小張紙上，然後坐下閱讀斯卡德的筆記內容。

半小時後，我讀到臉色蒼白，手指不斷敲打桌子。

我往窗外看，見到一輛大敞篷旅行車從山谷朝著旅店開上來。車停到門口，聽到有人下車的聲音。看來是兩個穿著風衣和花呢套裝的男子。

十分鐘後，店主溜進房間，兩眼激動得閃閃發亮。

「樓下有兩個傢伙在找你，」他低聲說。「兩人正在餐廳喝著威士忌蘇打。他們問到你，說是本來希望在這兒跟你碰面。喔！他們還把你從頭到腳描述得非常仔細。我告訴他們說，你昨晚投宿在這兒，今天早上騎著一輛摩托車離開了，其中一人還像粗漢一般咒罵了幾句。」

我要他形容他們的模樣。其中一人是濃眉黑眼的瘦子，另外一個說話總帶笑容，口齒不清。兩個都不是外國人，關於這點，我的年輕朋友很確定。

我拿了一小張紙，用德文寫下下面的內容，讓它看起來就像一封信的片段——

「……黑石。斯卡德已經識破一切，但他有兩個星期無法行動。我懷疑自己現在還能做什麼，尤其卡洛萊茲尚未確定他的計畫。但如果T先生有所建議，我將竭盡所能……」

我巧妙地加工，讓它看起來更像私人信件中遺落的一頁。

「把這拿下去，說是在我房間找到的，請他們如果追上我的話就交還給我。」

三分鐘後，聽到車子開始啓動，我在窗簾後面窺探那兩人身影。一個體型削瘦，另一個身材圓潤，我能看到的就此而已。

旅店主人非常興奮地出現在眼前。「你的信紙讓他們驚覺不妙，」他興高采烈地說。

「那黝黑的傢伙臉色白得像死人，大聲咒罵，肥胖的傢伙吹了聲口哨，一臉難看。他們付了半英鎊酒錢就走人，也不等找零。」

「現在，告訴你我希望你做什麼，」我說。「騎上你的摩托車，到紐頓．斯圖爾特找警察局長。描述那兩個人，說你懷疑他們跟倫敦的謀殺案有關。你可以編一些理由。那兩個人會回來，千萬別怕。不是今晚，他們會沿這條路追四十英里下去，但明天一早就會出現。要警察明早天亮就到這裡。」

他像個聽話的孩子出發了，我則繼續研究斯卡德的筆記。他回來後，我們一起用晚餐，基於禮尚往來，我盡量告訴他一些見聞。我給了他許多關於狩獵獅子和馬塔貝列戰爭的故事材料，在此同時一直覺得這些往事跟我現在投入的行動相比，簡直平凡無奇。

他去睡覺後，我熬夜讀完斯卡德的筆記，或坐在椅上抽菸，直到天亮，因爲我睡不著。

隔天早上大約八點鐘，我目擊兩名警察和一位警官到達。他們在店主引導下將車停到車棚，然後進到屋內。二十分鐘後，我從房間窗子裡看到第二輛車，由相反方向穿過台地駛了過來。它沒開到旅店，而是停在兩百碼外一堆木頭的後面。我注意到裡面的人在下車前，先謹慎地把車掉了個頭。一、兩分鐘後，我聽見他們踏過窗外碎石的腳步聲。

我計畫躲在房間寢室裡，看會發生什麼事。我有一個想法，如果可以讓警察和那些更危險的追逐者碰在一起，或許會發生對我有利的狀況。但現在有個更好的主意。我潦草寫了一行感謝店主的話，打開窗子，輕輕跳進醋栗叢裡。在沒人注意下，我翻過岩牆，沿著支流溪岸匍匐前行，設法到那堆木頭另一邊的馬路上。車就停在那兒，在晨光中顯得豪華氣派，沾滿的塵土表示走過漫長路途。我跳進駕駛座，發動車子，悄悄將它開上台地。

幾乎立刻就來到下坡路，我再也看不到旅店，但晨風中似乎傳來了氣急敗壞的咒罵聲。

第四章　激進派的候選人

請想像那五月燦爛早晨的情景，儘管四十匹馬力的車能經鬆寫意開在荒原碎石路上，我起初不斷回頭張望，接著焦急尋找下個叉路，急駛中兩眼朦朧，只能瞇著眼睛對準馬路。我心中拚命思索著自己在斯卡德筆記簿裡發現的東西。

那瘦小男人跟我講了一堆謊言。所有關於巴爾幹、猶太無政府主義者和外交部的說辭都是障眼法，卡洛萊茲的事也不例外。儘管也不全然是假，你將來會知道。我把所有賭注壓在對他故事的信任上，結果讓我失望了。他簿子裡講的是另一回事，不過我非但沒有一朝被蛇咬的警覺，而且還完全相信它。

爲什麼呢？我不知道。它看起來絕對是眞的，至於第一個版本的故事，如果你了解，就知道它是以奇特的方式讓我心裡信以爲眞。六月十五日將是決定命運的一天，比暗殺一個外國佬還重大的命運。它的重要性讓我無法怪罪斯卡德將我排除在外，打算單打獨鬥。我很清楚那是他的意圖。他告訴我的事聽起來夠重大了，但眞相更是無比巨大，他察覺之後便想獨自解決。我不怪罪他，畢竟他想做的是很危險的事。

完整故事都寫在筆記裡——有一些不連貫的地方，你知道的，他都記在腦海中。他還記下對自己發號施令的人，用奇特方式給他們打分數，然後取得平均數，代表他們在故事中各個階段的可信賴度。他寫的四個名字都是下指令的人，其中叫杜克隆的人得到五分滿分，另一個叫阿默斯福特的人得到三分。簿子裡有全部故事的基本架構——除此之外，還有一個放在括弧裡的奇怪詞組出現過許多次。這詞組就是「三十九級台階」，它最後一次出現是這樣寫著：「三十九級台階，我自己數的——晚上十點十七分滿潮」。看起來完全不知所云。

我認知到的第一件事，就是戰爭已經不可避免。它註定要發生，就像每年都有聖誕節般無庸置疑，依照斯卡德說法，那是一九一二年二月以來就安排好的。卡洛萊茲一定會遭到暗殺，他早已被寫在死亡登記簿上，就等六月十四日那天送去核對，也就是從五月那天早晨開始算兩個星期又四天。我從斯卡德筆記中得知，任何事都無法阻止暗殺事件。他提到六親不認的伊庇魯斯護衛隊，那根本是胡扯。

第二件事就是戰爭會來得讓英國措手不及。卡洛萊茲的死將造成巴爾幹各國陷於不和，於是維也納趁機介入發出最後通牒。俄羅斯心生不滿，表達強烈抗議。德國將扮演和事佬卻是提油救火，等到突然發現挑起戰端的一個大好理由時，就在五小時內向我們揮軍而來。這是他們的打算，也是相當漂亮的計畫。表面上甜言蜜語，暗地裡捅你一刀。當我們還在談德國的善意和用心良苦時，英國海岸卻被悄悄佈滿水雷，戰艦被他們的潛艇一一鎖定。

但這些都要視第三件事而定，那會發生在六月十五日。因爲我曾湊巧遇見一位從西非回來的法國參謀官，他跟我聊了許多，所以才知道這件事。他跟我說，儘管國會裡的發言盡是廢話，但法英之間確實有個聯盟在運作，兩國參謀部的人時不時會碰面，擬定戰爭發生時的聯合行動。現在，六月有個非常重要的人會從巴黎過來，拿取英國本土艦隊動員佈署報告書。我猜至少是這類文件，不管怎樣，反正就是非比尋常的重要東西。

但六月十五日那天還有其他人會來倫敦——至於是什麼人，我只能猜測。斯卡德將那些人統稱爲「黑石」，他們代表的不是我們盟友，而是致命的敵人，原本要交給法國的情報將落入他們手中。一旦有了這些情報可用，別忘了，只需一到兩個星期的時間，大砲魚雷就會在一個漆黑的夏夜裡突襲而來。

這是我在鄉間旅店的後面房間，眺望著甘藍菜園時解譯出來的故事。當我開著大敞篷旅行車，搖搖晃晃穿過一個接一個的溪谷時，它不斷在我腦海裡縈繞著。

我的第一個衝動便是要寫封信給首相，但考慮一會兒之後就知道這沒有用。誰會相信我說的話？我必須指出一些跡象，可以做爲證據的東西，但天知道那是什麼。尤其，我必須不斷逃跑，等時機成熟立刻採取行動，後面既有大張旗鼓的英國警察，還有悄悄近逼的黑石監視者，一切都得暗地進行。

我開著車沒有明確目的，但跟著太陽往東走，因爲記得在地圖上看過，往北會進入煤礦區和工業城鎮。不久之後駛下荒原，跨過寬廣的河灘平原，我沿著一處宅院圍牆開了很長距離，從樹木間隙瞥見一座大城堡。沿途經過茅屋座落的古老小村，越過平靜和緩的低地小溪，滿是山楂與金鏈花的花園從身旁掠過。這片土地沉浸在如此詳和的氣氛中，叫我難以置信的是，身後某個地方有人要取我性命，而且除非我有極佳運氣，周圍鄉村將在一個月內變得面目全非，英國境內會屍橫遍野。

大約中午時分，我駛入房舍稀疏的一座村莊，打算在這兒停車用餐。前方不遠處是郵局，台階上站著女郵局長和一名警察，正仔細閱讀著一份電報。他們看見我時一陣驚覺，警察舉手向我走來，大聲喝令停車。

我差一點傻得要聽他話。接著突然想到那電報跟我有關，在旅店的那些朋友們似乎弄懂了什麼，想聯合起來把我抓住，於是發個電報給我可能經過的三十多個村莊，描述我和車子的模樣，這對他們來說是再簡單不過的事了。我即時鬆開刹車，警察抓了車篷一把，最後只能放手看我離去。

我在大馬路上哪兒都去不了，於是轉進旁邊小徑。沒地圖實在麻煩，因爲可能開進農場道路，最後只得停在一處養鴨池或圍欄前，我不能這樣被耽擱。我開始覺得偷這部車眞是幹了蠢事，綠色龐然大物駛在廣闊的蘇格蘭土地上，就是最快可以找到我的線索。但如果丟下車子徒步前進，一、兩個小時後車子也會被發現，那麼這場競賽還沒開始我就輸了。

當前立刻要做的就是開到最荒僻的路上。我來到一條大河支流時找到路了，然後走進四週都是陡峭山坡的峽谷，蜿蜒爬升的道路最後通過一處隘口。這裡不見人影，但位置太北邊，所以我沿著一條爛路轉往東邊走，最後來到很大的一條雙線鐵道旁。下方看得到另一個寬廣的山谷，我心想如果跨過山谷，或許能找到另一間偏僻旅店過夜。現在天色漸暗，我又饑腸轆轆，因爲早餐之後，除了跟路邊麵包車買了幾塊小麵包裏腹，還沒吃到任何東西。

就在這時，我聽到天上傳來一陣噪音。瞧！就是那討厭的飛機，在南邊大約五、六英里的距離低飛，快速朝我這邊過來。

我還記得在光禿的荒原上曾躲過飛機偵察，當時唯一的機會是躲進林木茂密的山谷找掩護。我像閃電般開下山坡，不時放膽轉頭環視，看那該死的飛機到底在哪裡。很快地，我開到兩排樹籬間的道路上，接著沒入一條溪流切出的深谷中，最後進到濃密的樹林裡，我放慢了速度。

突然，我聽到左邊響起另一輛車的急促喇叭聲，才驚覺自己幾乎撞上幾根門柱，那是一條私人道路的出入口。我狂按喇叭，不過爲時已晚。一輛車正滑行到面前，我猛踩剎車，但因爲動力太大，不到一秒就會撞個正著。只有一個辦法，我衝進右邊樹籬，相信後面有東西可以緩衝。

但我想錯了。車子就像切奶油般穿過樹籬，然後令人噁心地往下墜。我看情形不對，蹲到椅子上要往外跳，但一根山楂樹枝從胸口把我攔住，掛在半空中，那一、兩噸重的昂貴金屬在下方滑落、彈跳、前傾，然後在巨大爆裂聲中砸在五十英尺下的溪床上。

我慢慢從帶刺枝條上掙脫，先滑落到樹籬，再小心翼翼爬到蕁麻葉叢上。正當掙扎站起來時，有一隻手抓住我手臂，一個嚇壞了的聲音同情地問我有沒有受傷。

我發現眼前是一位高個子年輕人，戴護目鏡，穿皮革長外套，口中不斷感謝上帝和大聲道歉。至於我呢，恢復呼吸之後，反倒是高興成分比較多。這也是擺脫那輛車的一個方法。

「是我的錯，先生，」我回答他。「幸運的是我的愚蠢沒鬧出人命。我的蘇格蘭汽車之旅現在結束了，但也許本來結束的是我這條命。」

他掏出一支錶看時間。「你出現正是時候，」他說。「我能挪出十五分鐘，我家就在兩分鐘距離外。我帶你回去換個衣服，吃些東西，然後好好躺在床上。順便問問，你的隨行用品呢？是不是跟車子一起燒掉了？」

「在口袋裡，」我說，同時揮舞著一支牙刷。「我來自殖民地，都是輕裝旅行。」

「來自殖民地？」他喊道。「天啊，你正是我期盼遇到的人。你是否剛好就是主張自由貿易的人？」

「是啊！」我說，其實對他講的完全一頭霧水。

他拍拍我肩膀，敦促我上他的車。三分鐘後，我們停在松林間，一棟看來相當舒適的狩獵別墅前。他帶我進去屋內，先到一間寢室，扔了六、七套自己的服裝在我面前，因為我的衣服差不多都磨成破布了。我選了一件寬鬆的藍色嗶嘰上衣，跟我原先衣服明顯不同，還借了一條亞麻襯領。然後他拉著我到餐廳，桌上還有剩餘飯菜，他說我只有五分鐘可以填肚子。「你可以拿個點心放口袋，我們回來再吃晚餐。我得在八點以前趕到共濟會會堂，不然我的助理要抓狂了。」

我喝了杯咖啡，吃一些冷火腿，他在壁爐旁邊談了起來。

「你正巧碰到我忙得一團亂，先生——順便一提，你還沒告訴我貴姓大名。威斯登？

跟六十年代的老湯米．威斯登有任何關係嗎？沒有？嗯，你知道，我是這地區的自由黨候選人，今晚在布萊特本有一場集會——那是我的主要選區，也是對手保守黨的大本營。我請到前殖民地首相克朗普列頓今晚來為我助陣，為此已經到處張貼海報，當地民眾都被吸引而來。今天下午收到這混蛋的電報，說他在布萊克浦得了感冒，我在這兒得自己撐住場面。原本打算講十分鐘，現在必須講完四十分鐘，我花了三小時絞盡腦汁想講稿，還是沒辦法撐到最後。現在你得當個好人幫幫我。你是個自由貿易派的人，可以告訴這裡民眾，保護主義如何在殖民地掠奪一切。你們這些人口才都很好，眞希望我也有。我會永遠記得欠你的人情。」

我對自由貿易沒什麼概念，但看不出有其他脫身機會。這位年輕男士太專注於自己的困境，離譜到只憑一時興起，要求剛與死神擦身而過、損失昂貴汽車的一個陌生人為他出席集會。但我的危急情況不容多想此事的離譜程度，對於能得到怎樣的協助也沒得挑剔。

「好吧，」我說。「我不擅長演講，但可以告訴他們一些澳大利亞的情況。」

一聽到我說的話，他如釋重負，而且拚命道謝。他借我一件駕駛外套——也沒想到要問我，為什開車旅行沒穿長外套——車子從滿是塵土的坡路滑行而下時，他在我耳邊滔滔說起自己過往的點點滴滴。他是個孤兒，由叔叔扶養長大——我忘了那位叔叔的名字，但他是內閣成員，你可以在報上看到他的演說內容。他離開劍橋之後周遊世界，後來因為找不到工作，叔叔建議他從政。我猜他對政黨沒有偏好。「兩邊都有好人，」他愉快地說，「也都有許多笨蛋。我加入自由黨，因爲我家族一直都是輝格黨①黨員。」也許他對政治不怎麼熱中，但對其他事卻有強烈看法。他發現我懂一點賽馬，就講了許多關於德貝賽馬的事，目前正專注於精進自己的打獵技巧。整體來說，他就是個非常純潔、正派、不諳世事的年輕人。

當我們經過一座小鎮時，兩名警察示意我們停下，用提燈照亮我們。

「請見諒，哈利爵士，」一名警察說。「我們接到指示要注意一輛車，描述的樣子跟你的車不同。」

「沒事的。」我的主人說。此時我眞感謝天意，用這種曲折方式帶我脫離險境。此後他不再說話，心裡滿是即將登場的演講。他嘴巴不斷喃喃自語，目光無神，我都開始擔心自己要遇上第二次車禍。我試著去想自己該講些什麼，但腦子枯竭得像個石頭。當我回神時，我們已經停在某條街道的一扇門外，受到一些鼓噪的男士獻花歡迎。

大會場裡約有五百人，婦女佔大多數，禿頭男士也不少，還有十幾、二十個年輕人。

1：輝格黨（Whig），又譯維新黨，英國十七至十九世紀的政黨，後來聯合工商業資本階層組成自由黨。

會主席是一個紅鼻子的滑頭牧師，先為克朗普列頓缺席表達惋惜之意，又自言自語提到他得到流感，然後鄭重介紹我是一位「澳大利亞思想界值得信賴的領導者」。門口有兩名警察，希望他們有注意到這頭銜。接著哈利爵士登場。

我從沒聽過這樣的演說。他根本不知如何講話，帶了一堆稿子拿起來唸，放下後就是一陣漫長支支吾吾。時不時想起心中默記的一段話，於是挺直腰桿，像亨利．歐文②似的把它說了出來，下一刻腰彎得更低，又嘀嘀咕咕唸起稿子。

稿子內容更是最可怕的胡扯。他談到「德國的威脅」，說它都是保守黨發明出來的，用來騙取窮人的權利，阻擋社會改革的浪潮，但「有組織的勞工」識破這伎倆，對保守黨嗤之以鼻。他主張削減海軍來展現我們的誠意，然後向德國發出最後通牒，要他們做同樣的事，否則就把他們打得落花流水。他說要不是保守黨的話，德國和英國將是共同推動和平與改革的伙伴。我想起自己口袋裡的黑色小簿子！斯卡德那群搞得讓人頭暈目眩的朋友，竟然會在乎和平與改革。

但奇妙的是，我喜歡這演講。在那些被灌輸的糟糕思想背後，你看得到這傢伙散發出善良的一面。此外，這也讓我減輕了一些負擔。我可能不是演講天才，但跟哈利爵士比起來要好上太多了。

輪我上場時表現還不算太差。我只是告訴他們我所記得關於澳大利亞的事，祈禱現場不要有澳大利亞人——講的都是關於他們工會、移民和基本服務的事。我不記得是否有提到自由貿易，但我說澳大利亞沒有保守黨，只有工黨和自由黨，獲得了一陣歡呼。我再稍微鼓動氣氛，說到如果我們能夠眞正團結一致，必能完成大英帝國的光榮事業。

總之，我自認講得相當成功。但主席不喜歡我，當他提議向演講者致謝時，稱哈利爵士「有政治家風範」，而我則是「口才流利的移民代表」。

當我們再次坐上車時，我的主人精神振奮，因爲他做完該做的事了。「精采的演講，威斯登，」他說。「現在跟我回家。我都一個人住，如果你會待一、兩天的話，就帶你參加非常不錯的釣魚活動。」

我們吃了一頓熱騰騰的晚餐——正是我急切想要的——然後到柴火照得通明的一間大吸菸室，兩人喝起烈酒。我認爲是掀開底牌的時候了。從這男子的眼神看得出來，他是能夠信賴的那種人。

「聽著，哈利爵士，」我說。「我有很重要的事要跟你講。你是個好人，我會坦誠以對。你今晚講的到底是哪裡聽來的鬼話連篇？」

2：亨利・歐文（Henry Irving，1838～1905年），英國舞台劇演員，也是首位受封爵士的演員。

他臉色一沉。「有那麼糟嗎？」他懊悔地問。「內容的確有些膚淺。我大部分是從《進步雜誌》和助理給的小冊子上讀到。但你肯定不認爲德國會跟我們開戰吧？」

「不用六個星期，這問題自然就有答案，」我說。「給我半小時，注意聽，我會告訴你一個故事。」

我還記得那明亮房間的鹿頭標本和牆上古老壁畫，哈利爵士不安地站在壁爐前的石板地，我坐進扶手椅說起話來。我似乎是站在旁邊的另一個人，聆聽自己的話語聲，謹慎判斷故事眞僞。

這是我弄懂眞相之後，第一次鉅細靡遺告訴別人，對我也是助益良多，因爲可以理清自己心中的事。我沒省略任何細節。他聽了所有關於斯卡德、送奶人和小簿子的事，以及我在加羅威的逃亡過程。他變得相當激動，在壁爐前走來走去。

「所以要知道，」我最後說，「你帶回家的這個人，因爲波特蘭坊謀殺案正被通緝。你的責任就是開車去找警察，把我交出去。我不認爲自己還能活很久。我被逮捕大約一小時後會發生意外，胸口會插了一把刀。不過，身爲一位守法的公民，這是你該做的事。也許你有一個月時間深感愧疚，但現在沒理由去想這個。」

他用明亮沉著的雙眼看著我。「翰內先生，你在羅德西亞做的工作是什麼？」他問。

「採礦工程師，」我說。「我正正當當賺錢，而且賺得很開心。」

「不是讓人神經衰弱的職業，對吧？」

我笑了。「喔，關於這點，我神經好得很。」我從牆壁架子上取下一把獵刀，耍了一招馬紹納人③的老把戲，拋起來用嘴巴接住。這招需要心臟夠強。

他一臉笑容看著我。「我不是要你證明。也許我在講台上是個笨蛋，但我能打量一個人。你不是兇手，也不是傻瓜，我相信你講的是事實。我打算支援你。現在我能做什麼？」

「首先，我希望你寫封信給你叔叔。我必須在六月十五日以前跟政府人員取得接觸。」

他捻一捻鬍子。「那沒用。這是外交部事務，我叔叔跟他們無關。此外，你絕對無法說服他。要不，我有更好辦法。我寫信給外交部常務次官，他是我教父，也是最佳人選。你想寫什麼？」

他坐在桌前，寫下我口述的內容。信中主旨是說，六月十五日以前，如果有一位叫做威斯登（我認爲最好一直用這化名）的人出現，是要懇請他仁慈的協助。他寫說威斯登爲

3：馬紹納人（Mashona），或稱紹納人（Shona），非洲南部原住民，主要居住在尚比亞境內地區。

表明身分，會說出「黑石」這字眼，並用口哨吹《安妮．蘿莉》這首民謠。

「很好，」哈利爵士說。「這是恰當的做法。此外，我教父叫做沃爾特．布里文特爵士，在聖靈降臨週期間會去他的鄉間別墅，在甘迺迪河④靠近阿提森威爾的地方。搞定了，接下來呢？」

「你跟我的身高差不多，借我最舊的花呢套裝。任何樣式都可以，只要顏色跟我下午弄破的那件完全不同就好。給我看一張臨近地區的地圖，幫我指點方向。最後，如果警察來找我，指給他們看溪谷底下的那輛車。如果其他傢伙找上門，就說你的集會結束後，我搭上往南的快車。」

這些他都照我要求做了，或者保證接下來照做。我把鬍碴刮乾淨，穿上一件陳舊的衣服，我猜是叫做混色毛紗的布料。地圖讓我對於身在何處有了概念，並且知道兩件事——哪裡可以搭上往南的主要鐵路，以及哪裡是附近最荒涼的地區。

兩點鐘時，他把在吸菸室扶手椅上小睡片刻的我叫醒，領著睡眼惺忪的我走進滿天星光的夜空下。他從工具間裡找出一台舊腳踏車，遞過來給我。

「先在長長的杉木那邊右轉，」他叮嚀。「到了黎明，你應該已經深入山區。然後把腳踏車丟進泥塘，走去荒原。你可以混在牧羊人間躲一星期，那就彷彿像在新幾內亞一樣安全。」

我使勁踩著腳踏車，騎上陡峭的砂礫山路，直到清晨的天空漸漸泛白。晨霧在太陽照射下散去，我發現自己在一片廣闊的綠色世界，四周是陷落的峽谷，遠方是藍色的地平線。在這裡，至少我能及早察覺敵人蹤影。

4：甘迺迪河（River Kennet）位於英格蘭西南部。

第五章　戴眼鏡的修路工

我坐在隘口最高處，觀察自己所在位置。

身後那條路穿過長長的山坳攀緣而上，那是一條大河的上游峽谷。前方是大約一英里長的平地，散布著泥塘和雜草，道路通過之後驟降至另一個峽谷，通往一處朦朧不見邊際的藍色平原。

左右兩側是拱起的綠色丘陵，像煎餅一樣平緩，不過往南方望去——也就是左手那邊——依稀可見長滿石楠樹叢的高山，我記得那是地圖上看到群山匯聚之地，也是打算要去的藏身處。我在一大片原野高地的中央隆起處，能看到幾英里外任何移動的東西。底下牧草地上，道路後方半英里有一間冒著炊煙的小屋，那是唯一有人跡的地方。除此之外，只聽到鵪鳥聲聲啼鳴和小溪流水淙淙。

現在大約七點鐘，在我耽擱的時候又聽到空中傳來不祥的引擎節奏。隨後我領悟到，這優越的位置實際上是個陷阱。在這些光禿的綠色原野上，連一隻麻雀都無法藏身。

那節奏愈來愈大聲，我絕望地坐著不動，接著看到飛機從東邊飛來。它飛得很高，但隨後降低幾百英尺，開始在山丘上密集繞圈，就像老鷹猛撲前的盤旋。現在它的高度非常低，上面的人發現我了。可以看到雙座飛機的其中一人，正透過護目鏡仔細端詳我。

突然，它開始急速翻轉爬升，下一刻看到它時正加速又往東邊飛去，直到成爲藍色晨空中的一粒黑點。

這讓我拚命思考。敵人已經確定我位置，接下來四周就會有個包圍網。不知他們能動用多少人力，但我確定的是絕對夠多。那飛機已經看見腳踏車，很可能認爲我試圖騎在馬路上逃跑。

如果這樣的話，往左右兩側荒原走也許還有機會。我推著腳踏車離開大馬路一百碼，把它扔進一處泥塘，沉到水草毛茛間。然後我爬上一座小丘頂看看前後山谷，貫穿的長條白色馬路上沒有任何擾動跡象。

我前面說過，這地方什麼都無法藏身。隨著太陽升起，遍地灑下柔和清新的晨光，最後充滿南非草原的芬芳日照。換做別的時候，我一定會喜歡這地方，但現在似乎讓我感到窒息。奔放的荒野成了監獄高牆，山間宜人的空氣充滿土牢氣味。

我拋起一枚硬幣——正面往右，背面往左——結果是正面，於是我轉往右手的北邊走。一會兒之後，我來到隘口旁的山脊邊緣，大馬路可以看到十英里外，沿路望去遠方有東西在移動，我想那是一輛汽車。山脊另一面是起伏的綠色荒原，盡頭消失在長滿樹木的峽谷裡。

我在大草原的生活培養出如鷲鷹般的好眼力，能看到大部分人得用望遠鏡才看得到的東西……。斜坡下方大約幾英里遠，有幾個人往前走著，就像狩獵時敲敲打打趕出獵物的一排隊伍。

我退到稜線後面。那條路行不通，我必須試著往馬路南邊那些更高的山過去。那輛車更接近了，但還有一大段距離，況且還得經過許多陡峭坡路。我拚命奔跑，除了在窪地以外都蹲低身子，而且不斷注意前方山丘邊緣。看到人影了——一個，兩個，或許更多——在溪流後方一處山谷裡移動，是幻覺嗎？

如果你在一塊地上被四面包抄，只有一個機會可以逃過圍捕。你必須待在這裡，讓敵人儘管搜索也遍尋不著。這是很好的想法，但到底要怎麼做，才能在這塊如桌布般的小地方避開注意？我可以跳進泥坑，把自己埋到脖子，或者躺在水底，又或者爬到最高的樹上。但這裡既沒有樹，泥坑都是小水潭，溪水也只是涓涓細流。四周只有低矮的石楠樹叢，光禿起伏的丘陵，以及那條白色大馬路。

然後在馬路一處小凹彎，一堆石頭旁邊，我發現那位修路工。

他才剛到不久，厭倦地揮動鐵錘。他打著哈欠，睡眼惺忪看著我。

「不幹放牧後都是爛日子！」他像是在對全世界宣告。「本來我是自己的主人，現在卻是政府的奴隸，被栓在這路邊，弄得全身酸痛，背駝得像什麼一樣。」

他舉起鐵錘，敲碎一顆石頭，然後咒罵一聲丟掉工具，用雙手遮住耳朵。「饒了我吧！腦袋要爆炸了！」他喊道。

他是個粗人，身材跟我差不多，但彎腰駝背，下巴留著一星期沒刮的鬍子，鼻樑上戴了一副牛角邊框大眼鏡。

「做不下去了，」他又喊。「讓巡查員去告發我吧。我要去睡覺。」我問他出了什麼問題，不過實際上一目了然。

「問題就在酒還沒醒。昨晚我女兒瑪麗安結婚，他們在牛棚跳舞一直跳到四點鐘。我和其他一些小伙子坐著喝酒，結果變成這樣。我只要一看到紅酒就克制不住！」

我贊成他該去睡一會兒。

「說得容易，」他抱怨。「但我昨天收到明信片，說新的道路巡查員今天會來這一帶。他來了沒看到我，或者看我喝成傻呼呼的模樣，我就完了。我想回去睡覺，說我不舒服，但那沒用，因爲他們知道我是那種不會生病的人。」

這時我有了靈感。「新的巡查員認識你嗎？」我問。

「不認識，他才上任一星期。他會開一輛小車，坐在裡面到處看。」

「你家在哪兒？」我問。一根手指搖搖晃晃指向溪流旁的小屋。

「嗯，回你床上去，」我說，「然後好好睡一覺。我來做你的工作，應付那巡查員。」

他面無表情看著我；然後，當他醉醺醺的腦袋突然頓悟這提議時，臉上露出茫然醉漢的笑容。

「你是好兄弟，」他喊。「工作容易得很。我已經敲完那堆石頭，所以早上你只需再敲一堆。拿推車到馬路那邊採石場，載足夠石頭回來再弄一堆。我叫亞歷山大·滕博爾，幹這工作七年了，之前在萊頓河放牧二十年。朋友都叫我艾克，或叫我四眼仔，因爲我視力不好，戴了眼鏡。對巡查員說話客氣，並稱他先生，他就會滿意。我中午再回來。」

我借了他的眼鏡和髒汙舊帽，脫掉外套、背心和襯領，交給他帶回家去，還借了一支沾滿菸油的陶菸斗當做額外道具。他交待我幾項簡單工作，然後不多囉嗦就緩步回家。床鋪也許是他的主要目標，但我想也許床邊瓶子裡還剩下一些酒。我祈禱他在那些人出現前安全待在家裡。

然後我開始裝扮自己。我翻開襯衫領口——那是一件像鄉下人穿的俗氣藍白格子衣服——露出像焊鍋匠般的一截棕褐色脖子。我捲起袖子，前臂就像鐵匠一樣，皮膚黝黑，布滿粗糙舊傷疤。我拿路上塵土把靴子和褲子全都沾得灰白，拉起褲管，用細繩繫在膝蓋下面。接著我往自己臉上動手腳。抓起一把塵土，在脖子上抹出像水痕的一圈，我想滕博爾先生在星期天的梳洗也許就到此為止。我還抹了許多泥土在曬黑的臉頰上。修路工的眼睛一定有些曬傷，所以想到弄一些灰塵到自己雙眼，再揉一揉產生朦朧效果。

哈利爵士給的三明治跟著我的外套被帶走，但修路工用紅手巾包起來的午餐就輪到我享用。我津津有味吃了幾個厚司康和乳酪，喝了一些冷茶。手巾裡有一份地方報紙，用繩子綁住，上面寫著收件人是滕博爾先生——顯然是他午休打發時間用的。我把手巾再包起來，報紙很顯眼地擱在旁邊。

我的靴子不怎麼令人滿意，但我往石堆裡踢了幾腳，在鞋面弄出許多磨痕，就像修路工該有的樣子。然後我朝指甲又咬又刮，把邊緣弄得粗糙帶有裂痕。我要對付的那些人不會放過任何細節。我扯斷一條鞋帶，隨便打個結將它再接起來，又把另一邊鞋帶解鬆，於是灰色厚襪就在靴子上緣擠成一團。路上還沒任何動靜，我半小時前看到的車一定已經掉頭回去了。

我上了個廁所，拿起手推車，開始在一百碼外的採石場間往往返返。

我記得在羅德西亞的一位老偵探，他年輕時幹過許多離奇事，有一次他告訴我說，假扮一個角色的密訣是要演得入戲。他說你不可能不露破綻，除非設法說服自己融入角色。於是我撇開所有其他心思，把精神專注在修補馬路上。我想像那白色小屋就我家，回憶曾在萊頓河放牧的歲月，一心嚮往回去自己那張小床睡大覺，當然還有那瓶廉價威士忌。長長的白色馬路上依舊沒有動靜。

偶爾，石楠樹叢間有隻羊漫步出來盯著我。一隻蒼鷺拍動翅膀，飛到小溪潭捕起魚來，沒把我當一回事，好像我是一塊里程石碑似的。我繼續幹活，踏著修路工的沉重步伐，辛苦推動整車石頭。很快我就全身發熱，臉上塵土凝結成塊，緊緊黏在皮膚上。我已經開始算還有多久時間才到傍晚，那是我能忍受滕博爾先生單調苦差事的極限了。

路上突然傳來響亮聲音，我抬頭看，是一輛福特小型雙座車，上面坐著一位戴圓頂硬帽的圓臉年輕人。

「你是亞歷山大．滕博爾嗎？」他問。「我是郡上新來的道路巡查員。你住在布萊克豪福特，負責萊德勞拜里斯到里格斯這段道路？很好！路況還可以，滕博爾，修得不差。一英里外的路面有一點鬆，路緣要清乾淨，弄好後我再來看。早安喔，你下次看到我就認得我了。」

顯然我的裝扮足以瞞過令人畏懼的巡查員。我繼續手中工作，接近中午時終於有人經過，讓我快活起來。一輛麵包車吃力駛上山坡，我買了一包薑餅塞進長褲口袋，以備不時之需。後來一位牧羊人趕著羊群經過，搞得我有些心神不寧，他大聲問：「四眼仔怎麼了？」

「肚子痛，床上躺著。」我回答，牧羊人繼續走下去……。

剛好中午的時候，一輛大車悄悄駛下山坡，滑行過去停在一百碼的身後。三個人下車，像要伸展一下雙腿，接著漫步向我走來。

其中兩個我認得，是從加羅威旅店的窗子裡看到的——一個削瘦黝黑，眼神銳利，另一個豐滿圓潤，面帶笑容。第三個看起來像鄉下人——也許是個獸醫，或者小農，穿著剪裁不佳的燈籠褲，兩眼就像母雞一樣瞪大警戒。

「早啊，」第三個人說。「你這工作相當輕鬆呢。」

我在他們走近過程中沒有抬頭，現在對方開口攀談，我就模仿修路工的模樣，緩慢而費力地挺直腰桿；又學蘇格蘭粗人的舉止，大力朝地上吐了一口；然後在回話前，直條條盯著他們。我眼前的三雙眼睛不會放過任何東西。

「工作嘛，有差的，有好的，」我說得簡潔。「我比較想做你們的，屁股整天坐墊子上。都是你們大車壓壞我的路！如果我們有權，應該叫你們來修自己弄壞的地方。」

那眼神機靈的人看著放在滕博爾那包手巾旁的報紙。「我看你還能即時的拿到報紙，」他說。

我若無其事瞄了一眼。「嗳，眞即時。瞧那報紙是上星期六出的，我拿到才晚六天。」

他拿起報紙，瞄了一下標題，然後又放下。其中另外一人已經在看我靴子，然後用德語叫說話的人注意它們。

「你對靴子很有品味，」他說。「這雙絕不是鄉下鞋匠做的。」

「當然不是，」我立刻說。「它們是在倫敦做的。去年來這兒打獵的一位先生給我的。他名字叫什麼來著?」我搔著健忘的腦袋。圓潤的那傢伙又講起德語。「我們上路吧，」他說，「這傢伙沒問題。」

他們問了最後一個問題。

「你今天一早有看到任何人經過嗎?他也許是騎一台腳踏車，或者是走路。」

我差一點掉入陷阱，扯說一台腳踏車在天空微亮時匆匆騎過。但我意識到自己的危險。我裝做非常仔細在想。

「我沒起得太早，」我說。「你要知道，我女兒昨晚結婚，大家弄到很晚才睡。我開門時大約七點鐘，那時馬路上沒人。從我來到這裡，只有賣麵包的和魯奇爾①的牧羊群經過，此外就是先生您們了。」

其中一人給我一支雪茄，我小心聞一聞，然後塞進滕博爾那包手巾裡。他們上了車，三分鐘後就消失蹤影。

我大大鬆了一口氣，但繼續推我的石頭。還好如此，因為十分鐘後車子回來了，其中一個人對我揮手。這些傢伙眞不留任何僥倖機會。

我吃完滕博爾的麵包和乳酪，而且相當快就弄完石頭。下一步要做什麼讓我傷起腦筋，我不能持續做這修路工作太久時間。感謝老天讓滕博爾先生一直待在家裡，但他若出現就會有麻煩。我想到封鎖線仍緊緊包圍峽谷，不管走哪個方向都會遇上盤問的人。但我必須離開，沒有人的神經能支撐超過一天的監視。

我待在崗位直到五點鐘。此時心裡已經決定，黃昏時過去滕博爾的小屋，然後趁黑夜冒險翻越山丘。但突然有一輛陌生的車從馬路開過來，在距離我一到兩碼的地方慢慢停下。一股清涼的風吹起，車上的人想點一根菸。

那是一輛敞篷旅行車，後座塞滿各式各樣行李。有一個人坐在車裡，令人驚訝的是我

1：魯奇爾（Ruchill）是蘇格蘭格拉斯哥市北邊的一個區域。

認識他。他名字叫做馬莫杜克・喬普利，是個造物主的失敗之作，屬於那種貪婪的股票經紀人，專門對那些身爲繼承人的長子、紈褲子弟和愚蠢老貴婦逢迎諂媚。我知道這位「馬米」②是舞會、馬球週和鄉間別墅的常客，善於製造醜聞，不惜趴在地上巴結有錢有勢的人。我剛到倫敦時曾對他公司做過業務介紹，他好心邀我去俱樂部吃飯。在席間他極盡賣弄炫耀之能事，喋喋不休談論著他的公爵夫人們，直到這勢利小人讓我倒盡胃口。後來我問一個人說，爲什麼都沒人抱怨他，得到的答案是英國人尊敬性別弱勢。

不管怎樣，他現在就在眼前，衣著瀟灑，開輛好車，顯然正要去拜訪那些時髦朋友。我突發奇想，霎那間跳進後座，按住他肩膀。

「嗨，喬普利，」我大聲喊。「幸會了，我的老弟！」他嚇壞了，瞪著我時下巴都快掉了。「你到底是誰？」他喘息著說。

「我叫翰內，」我說。「來自羅德西亞，你應該記得。」

「天啊，那個兇手！」他哽住了。

「正是，如果你不照我的話做，就會有第二起謀殺，親愛的。給我你的外套，帽子也要。」

他照我吩咐做，因爲已經嚇得不知所措。我穿上他漂亮的駕駛外套，遮住自己髒污長褲和俗氣襯衫，再把扣子扣到最上面，掩蓋破舊領口。我把帽子緊壓頭上，又拿他的手套戴上。不用一分鐘，滿身塵土的修路工就變成蘇格蘭最整潔的駕駛人。我匆匆將滕博爾那頂難以形容的帽子放到喬普利頭上，告訴他一直戴好。

我費了一番功夫把車掉頭，計畫是回到他來的那條路上，因爲監視者已經看過這輛車，也許未加注意就會讓它通過，而馬米的身形又跟我一點也不像。

「現在，小子，」我說，「安靜坐著別動，做個乖孩子。我無意傷害你，只要借你的車用一、兩小時。但如果你對我耍任何花招，或者只要開口，我發誓會擰斷你脖子。了解嗎？」

傍晚這趟開得很愉快。我們沿著山谷而下走了八英里，經過一、兩個村莊，我注意到幾個形跡可疑的傢伙在路邊閒晃。他們是監視者，我若是以其他穿著或跟其他同行者出現，免不了被盤問許久。但現在他們只毫不在意地看了一眼，有個人碰碰帽簷向我致意，我也親切回禮。

天色變暗時，我轉進一條山腰峽谷，記得地圖上是通往山區人煙罕至的角落。很快地，村落被拋在身後，接著是農場，甚至路旁小屋也消失了。我們現在來到一處荒僻的野

2：馬米（Marmie）為主角對馬莫杜克（Marmaduke）的稱呼。

地，水塘上的落日餘暉在黑夜中漸漸逝去。我停下車，貼心地把車掉頭，並且歸還喬普利先生的東西。

「萬分感謝，」我說。「你比我想像的還有用。現在開去找警察。」

我坐在山坡上，看著尾燈逐漸變小，默想自己現在冠上的罪名。不同於大眾認知的，我並非兇手，但我已變成滿口謊言的騙子，堂而皇之的冒充者，以及顯然偏好昂貴汽車的攔路劫匪。

第六章　禿頭的古物收藏家

我到山坡凸起的岩塊上過夜，躲在大石頭和茂密石楠樹叢後面。冷得要命，既沒有外套，也沒有背心，它們都在滕博爾手上。此外斯卡德的小簿子、我的手錶、最糟糕的還有我的菸斗與菸草袋，這些都在他家。身上只有藏在皮帶裡的錢，以及褲子口袋裡大約半磅的薑餅。

我吃掉一半的薑餅當晚餐，躲進樹叢深處勉強保持溫暖。我的興致來了，開始喜歡這種捉迷藏的瘋狂遊戲。我到目前爲止出奇幸運。送奶人、愛好文學的旅店主人、哈利爵士、修路工和白癡馬米，全是天上掉下來的好運。不知怎麼地，成功的開始讓我覺得自己可以渡過難關。

現在最大的麻煩是我餓極了。如果城市裡有個猶太人射殺自己，然後經過驗屍，報紙通常會說死因是「吃撐了沒事幹」。我記得曾經想過，如果自己摔死在泥塘裡，他們絕不會說我是吃撐了。因爲薑餅只會提升空虛感，我饑餓難耐地躺著，回想那些在倫敦時不以爲意的美食。

派達克做的酥脆臘腸、香煎培根片和漂亮的水煮蛋——我有多少次曾對它們嗤之以鼻！俱樂部做的炸肉排，以及冷盤上風味獨特的火腿，用想的都垂涎欲滴了。我的心思迴繞在各種美味佳餚上，最後選定上等腰肉牛排和苦味啤酒，再追加威爾斯兔肉一份。在徒然空想這些美食的過程中，漸漸就睡著了。

我在黎明後一小時醒來，全身凍得僵硬。因爲非常疲倦，睡得又沉，花了一番功夫才想起自己身在何處。穿過枝葉，我第一眼看到的是蒼白藍天，接著是巨大山肩，然後是我的靴子整齊放在一堆覆盆子灌木叢裡。我用手臂撐起身子，看看下面的山谷，這一看嚇得我趕緊穿好靴子。

因爲下面有人，距離不超過四分之一英里，在山坡上成扇形隊伍分散開來，一路敲打著樹叢。馬米找人來報仇的動作還眞不慢。

我爬下岩塊，躲到大石頭後面，在那裡找到一條淺塹通往山的正面。不久進入一條狹窄溪溝，從這裡爬到山脊頂端。我回頭看，見到自己還沒被發現。追捕的人在山坡上耐心地慢慢往上走。

我躲在稜線後面，跑了大概半英里的距離，直到認爲已經來到山谷最高處。然後我暴露自己身影，側翼的一個人立刻注意到，並且傳話給其他人。我聽到下方傳來叫喊聲，搜索隊伍改變了方向。我假裝退到稜線後面，但實際上走原路回去，二十分鐘後就到了可以俯視昨晚睡覺地方的山脊後面。從這位置能看到追捕的一行人徒勞無功地爬上山谷頂。

前面有幾條路，我選擇了一條岔開方向的山脊走，這樣很快就有一道深谷可隔開我和敵人。這番行動讓我感到鼓舞，竟開始快活起來。我一邊走著，一邊拿出沾滿灰塵的剩餘薑餅當早餐吃。

我對這片鄉野所知甚少，不曉得接下來要做什麼。我相信自己的腿力，但也了解身後的那些人非常熟悉這塊地，而我的茫然無知是非常不利的條件。我看到前面是一大片山，愈加高聳地往南延伸，但往北分散成幾道寬闊山脊，分隔出又廣又淺的谷地。我選擇的這道山脊，看起來好像在一、兩英里後沒入一處荒原，那裡就像孤立山間的一塊凹地，似乎也是可去的方向。

我的策略有好的開始——大約領先二十分鐘——看到領頭的追捕者時，身後還有一道山谷的距離。警察顯然召集了地方高手來幫忙，我看到的像是牧羊人或獵場看守人的樣子。他們看到我就發出嗨的一聲，我揮了揮手。兩個人走進山谷，向我這邊的山脊爬過來，其他人則留在原來的山坡。我覺得彷彿是在學校參加我跑你追的遊戲。

但很快就開始不像遊戲了。後面這些傢伙在他們自己土地上可是身手矯健。回頭只看到三個人跟在後面，我猜其他人是要繞個圈來攔截我。對當地缺乏認知也許就是我的致命傷，我決定要離開這些交錯的山谷，走去先前看到的那一塊荒原。我必須拉大距離擺脫他們，相信只要找到合適的場地，自己應該做得到。如果有掩蔽，我可以試著偷偷潛行，但這些光禿的山坡都能看到一英里外了。

我只能寄望自己的快腿和強健心肺，但需要更容易走的地面，因為我不是天生的登山高手。眞希望有一匹南非小馬！

我拚命加快腳步，離開了山脊，在身後還沒人影出現時來到荒原。我跨過小溪，走上連接兩道山谷的大馬路。眼前是長著石楠樹叢的大片原野，緩緩升向茂密樹木圍繞的一處高地，古怪得就像一頂皇冠。路旁石堤有個大門，裡面雜草叢生的小徑通往荒原的第一道山坡，然後翻越過去。

我跳過石堤沿著小徑走，走了幾百碼後——剛好看不到大馬路了——這裡沒有雜草，變成非常體面的道路，顯然是有用心維護。它通往一棟房子，我開始想要故技重施。我的運氣到目前爲止都還不錯，也許在這與世隔絕的住宅可以找到最好機會。不管怎樣，那裡有樹木，意思就是找得到掩蔽。

我沒走在路上，而是沿著右側小溪前進，這邊蕨叢長得濃密，高高的一排形成還算可以的屛障。這麼做是對的，因爲走進枝葉間時回頭看，追捕的人剛好翻越我才走下來的山脊。

此後我不再回頭，沒時間了。我沿溪邊奔跑，匍匐爬過空曠地方，然後在小溪裡涉水走過大段距離。我看到一間廢棄農舍，旁邊有一排幽靈似的泥炭堆，以及長滿野草的花園。接著我穿過剛枯不久的乾草叢，很快就來到被風吹歪的冷杉樹旁，這是一座大農場的邊緣。我看到左邊幾百碼的距離外，有一棟煙囪冒煙的房子。我離開溪邊，跨過另一道石堤，不知不覺踏在一片粗糙草坪上。回頭瞄了一眼，知道自己完全在追捕者的視線範圍外，他們還沒通過第一道山坡。

草坪凹凸不平，應該是用鐮刀而不是用割草機來割的草，幾處苗床種了矮小叢生的杜鵑花。一對黑琴雞在我走近時飛起，那不是花園裡常見的鳥類。眼前屋子是普通的荒原房舍，加蓋的白色側廳比較引人注目。側廳有一座玻璃陽台，透過玻璃，我見到一位老先生和藹地看著我。

我悄悄踏過房屋周圍的粗石堆，走進敞開的陽台門。屋子裡很舒適，一面是玻璃窗，另一面是大量書籍，更裡面的房間還有更多書籍。擱在地上的不是桌子，而是像在博物館裡看到的展示櫃，裡面放滿古幣和珍奇石器。

屋子中央有張寫字桌，一些文件和書籍攤在桌上，親切的老先生坐在桌前。他的臉龐圓潤有光澤，就像皮克威克先生①那樣戴了一副大眼鏡，頭頂光禿得像玻璃瓶一樣發亮。我進去時他動也不動，只有揚起眉毛，等我開口說話。

要用僅剩的大約五分鐘，告訴一位陌生人我是誰以及想做什麼，而且還能獲得幫助，這不是簡單的事。我不打算這麼做。面前的這個人雙眼透露出某種神情，某種銳利而早有所知的神情，令我開不了口。我只是結結巴巴盯著他。

「你似乎很匆忙，朋友。」他緩緩地說。

我朝窗外點了點頭。透過農場的一處間隙可以望見整片荒原，也看得到半英里外的幾個身影零落地穿過石楠樹叢。

「啊，我明白了。」他說，同時拿起一副雙筒望遠鏡，耐心觀察那些人。

「躲警察的逃犯，是嗎？嗯，等我們有空再來談這個。同時，我也討厭這些笨拙的鄉下警察來打擾我的隱私。去我的書房，你會看到面前有兩扇門。打開左邊那扇，進去後把門關上，那裡絕對安全。」

然後這不可思議的人又拿起他的筆。

我照著吩咐做，發現自己來到一間黑暗的小密室，裡面散發出化學藥品氣味，唯一光線來自牆上高處的一扇小窗。門在我身後盪了回來，接著像保險箱般喀擦一聲關上。我再次找到意想不到的避風港。

我依舊覺得不自在。老先生身上有某種東西讓我感到困惑，甚至令我害怕。他顯得太過從容而且早有準備，彷彿預料我會出現。他的雙眼透露出極端的精明。

我在黑暗中聽不到任何聲音。就我所知，警察可能正在屋子裡搜查，如果是這樣，他們應該想知道這扇門的後面是什麼。我努力保持鎮定，並忘掉自己有多餓。

我後來轉爲比較樂觀的看法。老先生不太可能拒絕給我一餐飯吃，於是開始想像我的早餐。培根和煎蛋可以滿足我胃口，但希望培根是比較好的肋條肉部位，而且要五十顆雞蛋。然後，當我幻想得垂涎三尺時，門嘎啦一聲打開了。

我來到陽光照射下，這間他稱爲書房的房間裡，屋主坐在一張大扶椅上，用他好奇的眼神看著我。

「他們離開了？」我問。

1：皮克威克先生（Mr Pickwick）是英國作家狄更斯小說中的主角人物。

「他們離開了。我讓他們相信你已經越過山頭。我不會選擇讓警察介入我和自己想要接待的客人之間。對你來說是個幸運的早晨，理查·翰內先生。」

當他說話時，眼皮似乎在顫抖，而且稍稍垂下半遮銳利的灰色眼睛。就在瞬間，我想起斯卡德的那段話，就是他形容自己在這世上最害怕的人。他曾說過這人「像隻瞇著眼睛的獵鷹」。然後我發現自己直接走進了敵人的巢穴。

我第一時間的衝動是想過去掐住這老惡棍，在打鬥中找到機會逃脫。他似乎預料到我的意圖，因爲他輕輕笑著，朝我身後的門點點頭。回頭一看，兩個僕人用手槍指著我。

他知道我名字，但他從沒見過我。當這想法閃過腦海時，我見到一線生機。

「我不知道你在講些什麼，」我粗暴地說。「你說的理查·翰內是誰？我叫做安斯利。」

「所以呢？」他仍微笑著。「你當然有其他化名。我們不會糾結在一個名字上。」

我不斷讓自己鎮定下來，同時想到現在的裝扮，沒穿外套、背心和襯領，沒有任何露馬腳的東西。我擺出一張臭臉，聳聳肩膀。

「我猜你最後會把我交出去，這是卑鄙的骯髒手段。我的天啊，直希望沒看過那該死的汽車！這些錢都給你。」然後我丟了四枚一英鎊金幣在桌上。

他眼睛睜開了一點。「喔不，我不會把你交出去。我朋友和我要跟你私下解決，就這樣。你知道得太多了一點，翰內先生。你是個機靈的演員，但還不夠熟練。」

他說得信心十足，但我看出他心中浮現一絲疑惑。

「喔，看老天份上，別再數落了，」我喊道。「每個人都跟我作對。我從利斯上岸後就沒好運。對一個餓壞的窮鬼來說，從摔爛的車裡拿走他發現的一些錢，這又有什麼傷害？我只做了這件事，就被那些混帳警察在該死的山地上追了兩天。告訴你，我已經受夠了。隨你怎麼做，老傢伙！奈德．安斯利不想再抵抗了。」

我看到疑惑在加深。

「能不能告訴我你最近做了什麼事？」他問。

「我不能，先生，」我就像眞的乞丐一樣哀求。「我已經兩天沒吃任何東西了。賞我一口飯吃，然後會一五一十告訴你。」

我一定是臉上顯得餓壞了，他向門口其中一人示意。一小塊冷派和一杯啤酒拿到面前，我囫圇吞下就像一頭豬──或者應該說，就像奈德．安斯利，因爲我得維持這人物設定。吃的時候，他突然對我講起德語，但我一臉茫然轉向他。

2：威格敦（Wigtown），蘇格蘭南部沿海的一座小鎮。

然後我告訴他自己的經歷。

我一星期前從利斯的《大天使號》下船，走陸路去找住在威格敦②的哥哥。我身上的錢用完了——含糊暗示用在尋歡做樂上——就在非常窮困潦倒時，來到一處樹籬的破洞旁，從那破洞看到一輛大車躺在小溪裡。我到處摸來摸去，看能找到什麼，結果發現三枚金幣在駕駛座，一枚在地上。那裡沒有任何人，也沒車主的蹤跡，於是我就放進口袋。但警察從此跟在後面。

當我在麵包店想把一枚金幣換開時，那女人就高喊警察，不久之後在小溪洗臉時，我差一點就被抓住，只好丟下外套和背心才及時逃脫。

「他們可以把錢拿回去，」我喊，「對我一點好處也沒有，這些討厭鬼只欺負窮人。如果換成是你發現那些錢，先生，沒人會找你麻煩。」

「你很會編故事，翰內。」他說。

我火大起來。「別再開玩笑了，該死！就告訴你我叫安斯利，出生以來就沒聽過叫做翰內的人。我寧願早一點去見警察，也不要跟你，和你的翰內、和你滑稽的手槍把戲……不，先生，我求你原諒，我不是那意思。我非常感謝你賞口飯吃，也感謝你現在把路清空了放我走。」

他顯然被搞糊塗了。你知道，他從沒見過我，就算有我的照片，現在外表一定跟上面有很大不同。我在倫敦的穿著都很時髦高尙，但眼前的我就像一個標準流浪漢。

「我不打算放你走。如果你是自己所說的那個人，很快就有機會爲自己辯白。如果你是我料想的那個人，我不認爲你還能活多久。」

他按了鈴，第三個僕人從走廊出現。

「蘭徹斯特③準備好，五分鐘內出發，」他說。「準備三份午餐。」然後他定眼看著我，這是最困難的考驗。

他眼神有一種不可思議的魔性，冷酷、邪惡、神秘和極其精明，像明亮蛇眼般將我懾住。我有一股強烈衝動想向他俯首稱臣，投身在他的憐憫之下。如果你考慮到我對整件事的感受，就能明白這衝動純粹是肉體上的薄弱，被一個強大心靈蠱惑所致。但我努力堅持到底，甚至還咧嘴而笑。

「下次你就認得我了，先生。」我說。

「卡爾，」他用德語對門口的一名僕人說，「把這傢伙關進儲藏室，等我回來，你得負責看住他。」

3：蘭徹斯特（Lanchester）是英國蘭徹斯特汽車公司生產的汽車。

我額頭兩側各被一支手槍指著走出房間。

儲藏室是老舊農舍裡的一間潮濕房間，崎嶇的地板沒鋪地毯，除了一張長板凳就沒別的地方可坐。房間像帳篷裡一樣暗，因爲窗子都被厚重窗板遮住。我摸索出牆邊排滿了箱子、桶子和裝滿東西的麻布袋，房間充滿廢棄房屋的霉味。看守的人轉動鑰匙將門上鎖，我聽到他們守在門外的走動聲。

我坐在冷颼颼的黑暗中，心情糟透了。老傢伙坐車去找那兩個昨天見過我的人，他們現在看到一個像修路工的人，馬上就會想起我，因爲全身仍是相同裝扮。一個修路工在離工作崗位二十英里遠的地方要做什麼，還被警察追？一、兩個問題就可以讓他們導回正軌。也許他們已經見過滕博爾先生，甚至包括馬米；最有可能的是他們將我跟哈利爵士關聯起來，整件事就清晰明瞭。在這荒野房子裡，面對三個亡命之徒和他們的僕人，我還有什麼機會？

我開始希望找上警察，但他們正埋頭翻越山嶺，追蹤不存在的我。不管怎麼說，他們都是我的同胞，也是正直的人，打動他們的憐憫之心要比這些殘忍的外國人容易多了。但他們不會聽我說話，那眼睛半遮的老惡魔一下子就能把他們打發走。我想他也許在警方裡面安插了人手。最有可能是他手中握有內閣官員的信件，說要給他任何可能的協助，這麼一來就能放手密謀對抗英國。這個醉醺醺的古老國家就是用這種看似聰明的蠢方法在搞政治。

那三個人會回來吃中飯，所剩時間不過幾小時。我只是在等待死期來臨，看不到任何機會脫離困境。我坦承自己並沒有多堅強的意志，眞希望有斯卡德的膽量。唯有狂暴的怒火讓我保持動力。一想到三個間諜就這樣把我逮住，心裡眞是火冒三丈。希望在他們殺掉我之前，不管怎樣也要扭斷其中一個人的脖子。

我愈想愈火，必須起來在房間裡走動走動。我試一試窗板，都用鑰匙上了鎖，我沒辦法移動它們，只聽到母雞在外面溫暖陽光下發出微弱咯咯聲。我在麻布袋和箱子間摸索，箱子打不開，麻布袋裡裝滿像狗餅乾的東西，聞起來像肉桂。當我把房間繞一圈後，發現牆上有個門把似乎值得研究。

那門的後面是一個壁櫃——在蘇格蘭被稱做壁龕——門有上鎖。我搖動一下，它似乎相當單薄。因爲想找些事做比較好，所以用力頂在門板上，拿褲子吊帶纏住門把用手握緊。不久門板碎裂開來，我想那足夠讓我伸手進去了。靜待一會兒，門外沒有動靜，我開始摸索櫃子層板。

櫃子裡有許多奇怪東西。我從褲子口袋找出零星的一、兩支火柴，劃亮一根。雖然照亮不到一秒，但讓我看到一層層板上放了幾支手電筒。我拿起一支，發現它還能正常使用。

我在手電筒的照射下進一步探究。裡面有許多瓶子和盒子，裝著氣味古怪的東西，無疑是實驗用的化學藥品，還有一捲捲細銅線和許多上了油的薄絲綢。那兒有一盒雷管和許多導火線。然後在層板最深處，我找到一個結實的棕色紙盒，裡面有一個木盒。我設法將它打開，裡面放著五、六塊幾英吋立方的灰色小磚。

我拿起一塊小磚，發現在手上很容易就碎掉。我聞了聞，用舌頭舔一下，隨後坐下開始思考。我的採礦工程師也不是白幹的，一看就知道那是炸藥。

只要其中一塊磚就可以把這房子炸成碎片，我在羅德西亞曾用過這東西，知道它的威力。但問題是自己所知並不精確，我已忘記正確用量和裝配方法，也不確定點火時機。我只有模糊的概念，包括它的威力也是，因爲雖然用過，但都不是親手操作。

然而這是個機會，唯一可能的機會。這有很大的風險，但若不這麼做，可以確定的是絕對死路一條。如果用它的話，依我估算有很大機率會把自己炸飛上天；但是如果不用的話，到了晚上，自己很可能就被埋在花園裡一個六英尺深的大洞裡面。我得面對這樣的處境，選任何一條路的前景都不妙。不過對我或我的國家而言，無論如何總是有個機會。

我想起瘦小的斯卡德，於是下定決心。此刻大概是我人生最艱難的時候，因爲我不善於做這種果斷的決定，但我還是鼓起勇氣，咬緊牙關，壓抑心中湧起的恐懼與疑惑。我撇開思緒，假裝在做一個實驗，就像蓋．福克斯④的煙火一樣簡單。

我拿了一個雷管，接上幾英尺的導火線。然後拿四分之一塊炸藥磚，將它埋在門旁麻布袋下的地板縫隙，再把雷管固定在上面。據我猜測，這裡一半的箱子可能都有炸藥，如果櫃子裡有放這麼致命的爆裂物，那麼箱子裡何嘗不是如此？

如果是這情形，不只我和那些德國僕人，還有周圍一英畝土地，都會在壯觀的爆炸中飛向天空。另一個風險是，雷管可能引爆櫃子裡其他炸藥，因爲我對炸藥的知識已經快忘光了。但只要開始考慮各種可能性，就根本做不了事。我得冒這個險，雖然成功機率低得嚇人。

我躲在窗台下方，點燃導火線，然後等了一會兒。四周一片死寂——只有走廊傳來厚重靴子的拖行聲，以及母雞在太陽下發出詳和的咯咯聲。我向造物主祈禱，納悶自己五秒後身在何處……。

一股強大熱浪從地板向上湧起，高溫立刻散佈空中。在我對面的那道牆發出金黃閃光，伴隨狂暴巨響化成碎片，我被震到頭暈目眩。有東西掉落身上，砸中左肩。

我想那時自己應該失去知覺了。

4：蓋・福克斯（Guy Fawkes）是英格蘭天主教成員，在1605年策劃了「火藥陰謀」，計畫用火藥炸死信仰新教的國王，最後以失敗收場。

我昏迷沒超過幾秒時間，覺得被黃色濃煙嗆醒，於是奮力從殘骸中掙脫站起。感覺到新鮮空氣從身後吹來，窗框已經掉落，濃煙從那參差的破口往外竄向夏日豔陽中。我跨過傾倒的門樑，發現自己站在一個布滿刺鼻濃煙的院子裡。我覺得很想吐，但四肢還能活動，於是摸索著蹣跚前進，離開那房子。

院子另一頭有一條磨坊引水用的木頭小水道，我跌了進去。冰冷的水讓我甦醒過來，僅存的清醒意識告訴自己要逃跑。我在滿是滑溜青苔的水道蠕動爬行，最後來到磨坊水車前。我掙扎穿過輪軸孔洞，進去磨坊，倒在一堆粗糠上。一根釘子勾破我褲子，留下一小片混色毛紗布料。

磨坊廢棄已久，木梯歷經歲月已經腐爛，閣樓地板被老鼠咬出許多大洞。我感到一陣反胃，腦袋好像不斷在旋轉，左肩和左臂似乎難以動彈。我往窗外瞧，看見一股濃霧仍籠罩在房子上空，一扇窗子不斷冒煙出來。老天保佑，我把那地方弄到著火了，還能聽到另一邊傳來混亂呼喊聲。

但我沒時間逗留，因爲磨坊顯然不是藏身的好地方。找我的人自然會沿水道而來，我也確定他們沒在儲藏室發現我屍體後，就會立刻展開搜索。我從另一扇窗看到遠方有一座老舊的石頭鴿舍。如果我能不留足跡到那裡，也許能找到躲藏之處，理由是如果敵人認爲我能走動，就會往開闊的鄉間逃跑，然後他們全去荒原找人。

我爬下破損的梯子，在身後撒上粗糠掩蓋足跡。走過磨坊地板時，還有走過門板半掛鉸鏈上的門檻時，我也依樣畫葫蘆。往外面窺視，我看到自己和鴿舍之間有一片光禿的鵝卵石地，那裡不會留下足跡，而且被磨坊遮住，從房子那邊不可能看到。我溜過這片空地，來到鴿舍後面，尋找攀爬的途徑。

這是我所做過最困難的事。肩膀和手臂痛得要命，而且一直頭暈想吐，總是幾乎要跌落下去。但我設法做到了。藉著凸出的石頭、石頭間的裂縫和堅韌的藤蔓根，最後爬到鴿舍屋頂。這兒有一道矮牆，我在後面找到地方躺下，然後就像昏厥一般睡死過去。

醒來時整顆頭像著火似的，刺眼陽光射在我臉上。我動也不動躺了很久，因爲那些可怕煙霧似乎讓我的關節鬆脫，腦袋變遲鈍。房子那邊傳來聲音——人們嘶吼著大聲說話，引擎節奏來自一輛停著的汽車。矮牆有一道小縫，我掙扎爬過去，勉強觀察院子的情況。

我看到有人出來，一名僕人頭上紮了繃帶，還有一個穿燈籠褲的年輕人。他們似乎在找什麼，同時往磨坊移動。其中一人看見釘子上的小塊破布，對另一個人大喊。他們回去房子，帶來更多人細看那塊破布。我看到剛才把我關起來的胖僕人，還認出那個口齒不清的傢伙。他們全都帶了手槍。

他們花了一小時徹底搜索磨坊，裡面傳來敲打木桶、拉開腐爛地板的聲音。接著他們出來，就站在鴿舍下方激烈爭辯，紮繃帶的僕人被大聲斥責。我聽到他們扳動鴿舍的門，那時很怕他們就要上來。後來他們放棄了，走回房子那邊。

在那漫長高溫的下午，我都躺在熱烘烘的屋頂。最痛苦的是口渴，我的舌頭乾得像枯枝，更糟的是我還聽見磨坊水道清涼的流水聲。我觀察溪水動線，它是從荒原引進來的，我想像沿著它去山谷頂端，源頭是一處冰涼的湧泉，周圍長滿厥類和苔蘚。我願意付出一千英鎊，讓我把臉埋進那水裡。

我的視野可以眺望整片環狀荒原。我看到兩個人坐上汽車快速離開，一個人騎上小馬往東走，他們應該是去找我，祝他們旅途愉快。

但另一件事更引我注意。這房子幾乎座落在荒原隆起的最高處，就像皇冠中央的一片平地，除了六英里外的山丘，附近沒有比它更高的地方。如同先前提到，眞正的高點是圍成一圈的大樹——主要是冷杉，還有一些梣樹和山毛櫸。我在鴿舍上面幾乎和樹頂同高，可以看到大樹後方的地貌。樹木長得並不緊密，但只有排列一圈，裡面是橢圓形的綠草地，怎麼看都像是一座大型板球場。

我沒花多久時間就猜到它是什麼。那是一座飛機場，而且是不爲人知的秘密機場。

這地點經過精心挑選，假設有人看到一架飛機降下來，還以爲它要飛過樹木後方的山丘。因爲地點就在大片圓形荒野的中央隆起處，從任何角度觀察都認爲飛機是消失在山丘後面。

只有非常靠近才會明白，飛機並沒越過山頭，卻是降落在樹木中間。如果站在更高的山上拿望遠鏡看，也許可以發現眞相，但這裡只有牧羊人，他們不會帶著望遠鏡到處刺探。從鴿舍屋頂往遠方眺望，可以看到一條藍色水平線，我知道那是大海。想到我們敵人有這樣一處秘密堡壘俯瞰著我們航道，心中燃起強烈的憤怒。

然後我想到，如果那架飛機回來了，十之八九會發現我，於是整個下午都躺著，祈禱黑夜趕快來。當太陽沉到西邊群山下，朦朧薄霧迷漫荒原時，心裡還眞是慶幸。飛機回來晚了。當我聽到引擎振動的節奏，看它滑翔降落樹木間，暮色早已昏暗。燈光閃爍了一會兒，許多人從房子進進出出，然後四周就陷於黑暗與死寂。

感謝老天，那是一個漆黑夜晚，時節適逢下弦月，月亮很晚才會升上天空。乾渴難耐不允許我再耽擱下去，於是依自己判斷大約九點鐘時，我開始往下爬。這並不容易，而且爬一半時聽到那房子後門打開，看見提燈光線照在磨坊牆上。我有幾分鐘是極爲痛苦地吊掛在藤蔓上，祈禱不管是誰都別靠近鴿舍。然後燈光消逝，我盡可能輕輕落在院子硬土地上。

我在一道石堤的掩蔽下匍匐往前爬，到達環繞房子的那排大樹。如果知道怎麼做，我會想把飛機弄故障，但心裡明白任何嘗試都可能無效。我非常確定房子四周有某種防護措施，所以我跪在地上爬過樹木，謹慎注意自己前方每一吋地面。還好這麼做，因爲不久就遇到一條離地大約兩英尺的金屬線。如果絆到這條線，毫無疑問會觸發屋子裡的警鈴，我就會被抓住。

往前移動一百碼後，我發現了另一條金屬線，它被很狡猾地安置在小溪邊。越過小溪是荒原，不用五分鐘，我就走進蕨叢和石楠樹叢的深處，沒多久就繞過第一道坡，走下磨坊水道引水的小溪谷。十分鐘後，我把臉埋進湧泉，並且大口喝下令人喜悅的泉水。

但我沒停下腳步，直到遠離那惡運連連的房屋。

第七章　持竿等候的釣魚人

我坐在山巓上，評估當前處境。成功逃脫自然要謝天謝地了，但我沒感到多高興，身體劇烈疼痛使得心情蒙上陰影。炸藥濃煙讓我中毒頗深，在鴿舍屋頂曝曬了幾小時也無濟於事。我頭痛欲裂，感覺就像個病貓一樣。肩膀也傷得嚴重，起初以爲只是瘀青，但現在似乎腫脹起來了，左臂也使不上力。

我打算找到滕博爾先生的家，拿回自己衣服，尤其還有斯卡德的筆記簿，然後去鐵路幹線坐車回南部。要聯繫上外交部的那個人，也就是沃爾特·布里文特爵士，對我而言是愈快愈好。除了手上的資料，我無法取得更多證明。他可能相信我說的事，也可能不信，無論如何，我落他手上要比落在那些邪惡德國人的手上來得安全。我開始對英國警察感到非常親切。

這是個滿天星辰的夜晚，找路並不困難。哈利爵士的地圖讓我知道方位，現在只需找參考點往西南偏西走，就能找到遇見修路工的那條溪。

我一路上都不認識所經之處的地名，但相信那條溪不外乎是特威德河的上游。我估計距離有十八英里，天亮之前沒辦法到那兒，所以得找個地方躲過白天，因爲我在光天化日下看起來實在駭人。我沒穿外套、背心和襯領，也沒戴帽子，長褲撕裂破爛，臉和手都被爆炸燻黑。我猜還有更可怕的，因爲雙眼感覺就像充滿血絲。總而言之，我不適合在大馬路上被那些敬畏上帝的居民看見。

天剛破曉，我就到山溪裡試著把自己清理乾淨，然後走近一間牧羊人小屋，因爲覺得肚子餓了。牧羊人不在，只有他的妻子在家，方圓五英里內沒有鄰居。她是一位體面的老婦人，而且頗有膽量，即便如此，看見我時還是嚇了一跳，手邊放著一把斧頭，以防遇上的是什麼妖魔鬼怪。我告訴她自己跌了一跤——沒講怎麼跌的——她看我樣子病得不輕。話不多說，她就像眞正樂善好施的人，給了我一碗加少量威士忌的牛奶，讓我在廚房爐火旁坐一會兒。她要幫我擦一擦肩膀，但實在太痛了，我不讓她碰。

我不知她心裡當我是什麼——一個有悔意的竊賊，或許吧；因爲想付給她牛奶錢，並且掏出身上面額最小的金幣時，她搖搖頭，說了「還給那些合法擁有的人」這類話。經我極力辯解後，她應該相信我是清白的，於是將錢收下，並且給我一條溫暖的新花呢格披肩，還有一頂她先生的舊帽子。她教我如何用披肩裹住肩膀，當我離開小屋時，活像是伯恩斯①詩作插畫中的那種蘇格蘭人。但無論如何，我至少有東西可以披在身上。

還好有這件披肩，因爲天氣在中午以前就轉成濃密細雨。我在溪彎一塊懸空的岩石下找到避雨處，堆積的乾枯蕨叢成了還算可躺的地方。我勉強睡到傍晚時分，醒來時全身僵硬難受，肩膀痛徹心扉。我吃了老婦人給的燕麥餅和乳酪，趕在天黑前再次上路。

我在泥濘山間渡過悲慘的一晚。沒有星辰可以指引方向，我必須盡可能從記憶中回想地圖。兩次迷了路，好幾次狠狠摔進泥炭沼澤。直線距離只有十英里，我搞錯方向卻走了將近二十英里。

最後一段路是在咬緊牙根、頭暈目眩的狀態下走完的。但我設法做到了，黎明時敲著滕博爾先生家的大門。四周瀰漫著濃霧，從小屋這裡都看不到大馬路。

滕博爾先生自己來開的門——不但沒喝醉，人還滿有精神。他規規矩矩穿著一套老

1：勞勃・伯恩斯（Robert Burns，1759～1796年），蘇格蘭民族詩人。

舊但精心打理的黑西裝，鬍子昨晚才刮乾淨，領口繫上亞麻襯領，左手拿著袖珍本《聖經》。

他起先沒認出我。

「你是誰，安息日的早晨晃到這裡來？」他問。

我已經忘記日子。原來穿這麼整齊是因爲安息日。

我的腦袋依舊暈眩得厲害，沒辦法清楚回答。但他認出我來，而且看出我病了。

「你有帶我的眼鏡嗎？」他問。

我從褲子口袋掏出來給他。

「你該回來拿夾克和外套，」他說。「進來。天啊，老兄，你腿都快站不住了。撐著點，我給你拿張椅子。」

我察覺自己瘧疾要發作了。我身上留有許多熱帶病原，昨晚的濕冷讓它發作起來，再加上肩傷和毒煙影響，我感覺糟透了。模糊中，滕博爾先生幫我脫掉衣服，扶我躺到廚房牆邊的一個壁櫥裡。

這位老修路工眞的是患難見眞情。他妻子幾年前過世，女兒結婚後就一個人獨居。

這十天的大部分時間裡，他擔負起照料我的繁重工作。我在發病期間只想保持平靜，退燒後發現肩膀或多或少也好了一些。但復原之路還很長，雖然我不到五天就能下床，但花了一些時間才能走路。

他每天早晨出門，留給我一天要喝的牛奶，然後將門鎖上；傍晚回來時，就安靜坐在煙囪角落處。他沒讓任何人靠近這地方。當我漸漸好起來，他也絕不問任何問題來打擾我。有幾次，他拿給我兩天前的《蘇格蘭人報》，我發現人們對特蘭坊謀殺案的關注已經消退，報紙上沒提到它，也幾乎沒有讓我感興趣的報導，除了一個稱做代表大會的東西——我猜是某種宗教聚會。

有一天，他從上鎖的抽屜拿出我的皮帶給我。「裡面有好多錢，」他說。「你最好數一數有沒有少。」

他甚至從沒想要知道我的名字。我問他，在代替他修路之後，是否有任何人來附近打聽我的下落。

「有啊，一個開車的人，他問那天誰頂替我上工，我假裝認爲他胡說八道。但他一直追問，便說他指的可能是我外地來的堂兄，那時候過來幫我忙。這人長相難看，說的英語有一半我聽不懂。」

我最後幾天變得很焦躁，決定只要覺得自己可以上路就立刻出發。那也到了六月十二日，幸運的是那天早上有個趕牛去墨菲特市集的人剛好經過。他叫做希斯洛普，是滕博爾的朋友，進來和我們一起吃早餐，自告奮勇要帶我上路。

我堅持要滕博爾收下五英鎊當住宿費，還有辛苦照料我的代價。從沒看過自尊心這麼強的人。當我遞錢過去時，他大發雷霆起來，跟我爭得面紅耳赤，最後收下錢時連一聲謝謝也不講。我說自己有多虧欠他時，他只咕噥著說著「因果報應」之類的話。你會以爲我們的告別是不歡而散。

希斯洛普是個活潑開朗的傢伙，我們通過隘口，下到陽光普照的安南山谷，他一路上都聊個不停。我談到加羅威的市集和羊隻價格，他打從心底認爲我是來自那些地方「趕包裹的牧人」——管他是什麼。如同先前講的，身披花呢格披肩，頭戴一頂舊帽子，讓我看來就像道地的蘇格蘭人模樣。不過趕牛是非常磨時間的工作，我們花了大半天才走了十多英里。

如果不是有顆焦急的心，我會很享受這段時光。晴朗的藍天，不斷變化的景緻，一會兒是棕色山脈，一會又是遠方綠茵，不時聽見雲雀與麻鷸的鳥鳴，以及溪流的潺潺水聲。但我無意觀賞夏日景色，跟希斯洛普的談話也心不在焉，因爲事關重大的六月十五日就快到了，我肩負著幾乎不抱希望的困難計畫。

我在墨菲特一間簡陋的餐酒館吃了些東西當晚餐，然後走兩英里到鐵路幹線交會處。往南的特快夜車要到將近午夜才發車，爲了打發時間，我走去山坡上小睡片刻，因爲已經走累了。我睡太久，以至於得用跑的到車站，趕在發車前兩分鐘坐上火車。硬梆梆的三等車廂椅墊，劣質菸草的混濁氣味，這些鼓舞了我的心情。至少，我覺得自己正逐漸回到掌控之中。

凌晨時，我在克魯②下車，必須等到六點才能搭上前往伯明罕的火車。到了下午，我來到雷丁③，轉乘當地火車深入伯克郡④。現在四周是一片蒼翠的牧草地，還有長滿蘆葦的平緩溪流。大約傍晚八點，一位滿臉倦容、風塵僕僕的旅人在阿提森威爾的小車站下車，模樣介於農場工人或獸醫，黑白花呢格披肩挽在手臂上（過了蘇格蘭邊界就不敢穿著它）。月台上有幾個人，我認為最好先確認這地方安全了再去問路。

我走的這條路穿過高大的山毛櫸樹林，然後通往一個淺谷，朝綠色山丘的峰頂望去，隱約可見遠方的樹木。離開蘇格蘭之後，空氣聞起來厚重單調，但極為芬芳，因為菩提、栗樹和丁香全都百花盛開。不久來到一座橋，下面的河水清澈，緩緩穿過兩岸雪白一片的水毛茛。前方不遠處有一座磨坊，堰槽在宜人的黃昏中發出清涼悅耳的水聲。當我望著綠林深處，不禁吹起口哨，唇間冒出的曲調是《安妮．蘿莉》。

2：克魯（Crewe）位於英格蘭西北部的市鎮，是重要的鐵路樞紐。
3：雷丁（Reading）位於英格蘭東南部的大城鎮。
4：伯克郡（Berkshire），英格蘭東南部的一個郡，雷丁是最大城市。

一位釣魚人從河邊上來，走近我時也開始吹起口哨。旋律是會傳染的，因爲他吹的曲調跟我一樣。他的身材魁梧，穿著凌亂的法蘭絨上衣，頭戴寬簷帽，肩上掛著一個帆布袋。他朝我點點頭，我想自己從沒見過這麼精明隨和的一張臉。他把那根十英尺的精緻細釣竿靠在橋邊，跟我一起看著河水。

「很清澈，對吧？」他愉快地說。「我只要面臨考驗就會回到甘迺迪河這裡。看那大傢伙，小小一條卻有四磅重。不過天已經黑了，沒辦法讓他們上鉤。」

「我沒看到。」我說。

「瞧！在那兒！就停在離那蘆葦叢一碼遠的地方。」

「現在看到了。你絕對會以爲他是一塊黑石。」

「這樣喔。」他說，同時又吹了一段《安妮．蘿莉》。

「威斯登是你名字，對吧？」他頭也不回地說，眼睛仍盯著小河。

「不，」我說。「喔，我意思是說，沒錯。」我都忘了自己的化名。

「搞秘密行動最好記住自己名字。」他說，同時朝著橋下冒出的一隻水雞咧嘴而笑。

我站直了注視他，結實尖削的下巴，筆直的濃眉，滿是皺褶的臉頰，開始認爲這裡終於有值得信賴的盟友了。他令人猜不透的藍眼睛看似非常深邃。

他突然皺起眉頭。「我稱之爲可恥，」他提高音量說。「像你這樣好手好腳的人竟敢來乞討，眞是可恥。你可以到我廚房討一頓飯吃，但別想從我這兒拿到一毛錢。」

原來有一輛輕馬車經過，駕車的年輕人舉起鞭子向釣魚人致意。馬車離開後，他拿起自己的釣竿。

「那是我家，」他說，同時指著一百碼外的白色大門。「等個五分鐘，然後繞到後門。」說完他就離開。

我照著吩咐去做。我看到一間漂亮的小屋，屋前草坪延伸到河邊，步道兩側是茂密的雪球花和紫丁香。後門敞開著，一位老成持重的男管家在等著我。

「這邊走，先生，」他說，然後帶我沿著過道，走上後方樓梯，來到一間窗子面對河流的舒適臥房。我發現房間裡有爲我提供的全套用品擺在眼前——正式服裝和所有配件，一件棕色法蘭絨西裝，襯衫，襯領，領帶，刮鬍器具和梳子，甚至還有一雙漆皮鞋。「沃爾特爵士認爲雷吉先生的衣服比較適合你，先生。」管家這麼說。「他留了一些衣服在這裡，因爲週末固定都會來。隔壁門是一間浴室，我放好熱水。半小時後用晚餐，你會聽到鈴聲。」

管家退出後，我坐到一張印花布面的安樂椅上，目瞪口呆凝視著。這就像童話故事般，從乞丐境遇突然轉跳脫到舒適安逸的環境。顯然沃爾特爵士相信我，但我猜不出理由。我從鏡子瞧了瞧自己，看見一個邋遢憔悴、皮膚黝黑的傢伙，留了兩星期的雜亂鬍子，耳朵眼睛滿是塵土，沒繫襯領，穿著俗氣，一身不成形的陳舊花呢格服裝，大半個月沒擦的靴子。我曾做過不折不扣的流浪漢與趕牛牧人；現在被一位正經八百的管家引領到這處優雅自在的殿堂。最離奇的是他們甚至不知道我是誰。

我決定不多費腦筋，只管接受這上帝賜與的禮物。我極為享受地刮了鬍子，洗了個澡，然後換上乾淨的碎花襯衫和外衣，穿起來還算合身。換裝完後，鏡子裡顯示的是一位神采奕奕的年輕人。

沃爾特爵士在一間微暗的飯廳等我，小張圓桌上點著銀色蠟燭。他看起來是那麼的可敬、自信和有把握，儼然是法律、政府和議會的化身，這讓我有些退縮，覺得自己是個外行人。他應該不知道我的眞實身分，否則不會如此接待我。只是我不該在僞裝身分下接受他的殷勤招待。

「我的感激無法用言語表達，但我必須先講清楚，」我說。「我是無辜的，但正被警察通緝。我得告訴你這點，如果被你趕走也不覺得意外。」

他笑了。「沒關係，別讓那件事壞了你的食慾。我們可以用餐後再談這些。」我從沒一餐吃得如此津津有味，因為整天下來只吃過火車上的三明治。沃爾特爵士給足我面子，我們開了一瓶上好的香檳，後來還喝了些罕見的珍貴紅酒。坐在這兒有管家和僕人伺候，讓我變得異常興奮，別忘了我曾渡過三個星期像土匪般的日子，每個人都在找我麻煩。我跟沃爾特爵士提到尙比亞的虎魚，說一不小心會被它們咬掉手指，我們還聊了世界各地的戶外活動，因爲他年輕時曾打過獵。

我們到他書房喝咖啡，房間充滿書籍、獎盃和隨興亂放的東西，讓人感到舒適快活。我打定主意，只要擺脫這件事，擁有一棟自己房子的時候，也要設計一個像這樣的房間。咖啡杯收走之後，我們各自點起雪茄，我的主人把腿擱在扶手上晃盪著，吩咐我開始講自己的故事。

「我已經按照哈利的指示做了，」他說，「他說我能得到的好處是，你會告訴我令人大吃一驚的消息。我現在洗耳恭聽，翰內先生。」

我心頭一驚，注意到他用我的眞名稱呼我。

我從最早開始說起。我講到自己在倫敦的無聊日子，以及那晚回家發現斯卡德在門口語無倫次。我跟他講了斯卡德告訴我有關卡洛萊茲和外交部茶會的所有內容，他聽了噘起嘴唇，露齒而笑。

接著我講到謀殺，他又變得嚴肅。他聽了所有關於送奶人和我在加羅威的經歷，以及在旅店破解斯卡德筆記的事。

「你帶來了嗎？」他高聲問，當我拍一拍口袋裡的小簿子，他長長吸了一口氣。

我沒提到筆記內容。然後我描述遇見哈利爵士的經過，以及在大會堂的演講。聽到這兒，他大聲笑出來。

「哈利講的都是廢話，對吧？我想一定是。他一如以往是個優秀的小伙子，但白痴叔叔老灌輸他奇怪的想法。繼續，翰內先生。」

我做修路工的經歷引起他興趣。他要我詳細描述車上那兩個傢伙，似乎在記憶裡搜尋著什麼。當他聽到笨蛋喬普利的遭遇時，情緒又變得歡樂起來。

但是講到荒原屋子裡的老人時，他的神情嚴肅。再一次，我得非常仔細描述老人的外貌。

「和藹，禿頭，像隻瞇著眼睛的鳥……，感覺是個兇惡的猛禽！他從警察手中救了你後，你卻炸掉他的巢穴。幹得漂亮！」不久我就講完了自己的歷險故事。他緩緩起身，站在壁爐邊看著我。

「你可以別再擔心警察，」他說。「你在這國家不會受到法律制裁。」

「厲害的蘇格蘭場！」我喊道。「他們抓到兇手了？」

「沒有，但過去兩個星期，他們把你從嫌疑名單中剔除。」

「爲什麼？」我驚訝地問。

「主要是因爲我收到一封斯卡德寄來的信。我認識這個人，他曾爲我執行過一些任務。他既是古怪，又有才幹，不過絕對正直。他的毛病是偏好單打獨鬥，所以在任何特務單位幾乎都派不上用場——可惜了，他有非比尋常的天賦。我認為他是世上最勇敢的人，總能克服恐懼，任何情況都不會讓他卻步。我在五月三十一日收到他寄來的一封信。」

「但那時他已經死了一個星期。」

「那封信是二十三日寫完寄出的。他顯然沒預料到馬上會死。他的信件通常要花一個星期才能寄到我這兒，因為要先假裝寄到西班牙，然後再寄到紐卡索⑤。你知道的，他有一種抹除自己行蹤的狂熱。」

「他說了什麼？」我結結巴巴地說。

「沒什麼。他只說自己有危險，但在一位好朋友那兒找到躲避處，還說我在六月十五日以前會再收到他來信。他沒告訴我地址，但說是住在波特蘭坊附近。我想他這封信的目的是在萬一發生狀況時能證明你的清白。我收到信後就去蘇格蘭場，察閱調查的細節，推斷你就是那位朋友。翰內先生，我們對你做了些研究，知道你是個正派的人。我想我應該了解你消失的動機——不僅是因為躲警察的關係，還有別的理由——當我收到哈利匆匆寫下的短箋時，就猜想到其他部分。過去這一星期以來，我都在等你出現。」

5：紐卡索（Newcastle），英格蘭東北部的一個城市。

你可以想像這番話讓我卸下心中多大重擔。我覺得又恢復了自由之身，現在開始只需面對國家的敵人，而不是國家的法律。

「現在讓我們來看看那本小簿子。」沃爾特爵士說。

我們花了整整一小時讀完它。我說明破解方式，他很快就學會了。他糾正幾處我所解讀的內容，不過大致上都相當正確。他到讀完前都顯得非常嚴肅，然後沉默坐了好一會兒。

「我不知該如何看待它，」他最後說。「他有一件事講得沒錯，就是後天將舉行軍事密會。可惡，這消息怎麼洩露出去的?僅僅這狀況就夠糟了。但是所有關於戰爭和黑石的內容——看起來就像荒誕的音樂劇。但願我對斯卡德的判斷有更多信心。他的缺點是太愛幻想。他有藝術家的氣質，總把事情描述得比眞相還誇張。他還有許多古怪偏見，比如說，一提到猶太人就讓他怒氣沖天。猶太人，還有金融巨頭。」

「黑石，」他用德文重複一遍這名詞。「黑石，它就像廉價小說的情節。還有關於卡洛萊茲的種種說法，那是最沒有說服力的部分，因爲我剛好認識這位耿直的卡洛萊茲，他可能會活得比你我還久。並沒有哪個歐洲國家想置他於死地。此外，他不久前才試圖討好柏林和維也納那些人，惹得我長官擔憂了一陣子。不!斯卡德在這邊已經偏離事實。老實說，翰內，我不相信他這部分的描述。有一些見不得人的勾當在私底下進行著，他因爲察覺太多而丟了性命。但我敢發誓，那只是一般的間諜活動。某個歐洲強權特別愛搞間諜組織，手法也不會太特殊。他們是論件計酬，所以下面的打手不太可能固守在一、兩件謀殺行動上。他們想要的是我們的海軍佈署情報，做爲他們海軍辦公廳的資料收集，但也只是存放著而已，沒有其他用途。」

就在這時，管家進到房間。

「沃爾特爵士，有一通倫敦打來的長途電話，是伊斯先生，他要你親自接聽。」

我的主人出去接聽電話。

他五分鐘後回來，臉色慘白。「我要向斯卡德在天之靈道歉，」他說。「今晚七點沒過多久，卡洛萊茲被射殺了。」

第八章　黑石來了

我安安穩穩熟睡了八小時，第二天早晨起床下樓，發現沃爾特爵士吃著鬆餅和橘子果醬的同時，正在解讀一份加密電報。他紅潤有朝氣的臉色，經過一晚苦思之後似乎變得有些暗淡。

「你去睡覺之後，我講了整整一小時電話，」他說。「我請我的上司向第一海軍大臣和陸軍大臣報告，他們要讓『羅耶』提早一天過來。這封電報就是確認這件事，他今天五點會到倫敦。奇怪的是法國參謀少將的代號應該是『波克』。」

他示意我吃些熱菜，然後繼續說。

「我不認爲這有什麼用處，如果你那些朋友精明到可以得知原本的安排，那麼他們也能發覺計畫改變了。我想不透消息是從哪兒洩露的。我相信英國這邊只有五個人知道羅耶來訪，可以確定的是法國那邊知道的人更少，這些事他們處理得更爲謹慎。」

他在我用餐時說個不停，令我感到驚訝的是他對我完全信任。「艦隊佈署不能修改嗎？」我問。

「可以，」他說。「但我們盡量避免這樣做。這個佈署是集思廣益的結果，任何修改都無法像目前這樣令人滿意，何況有一、兩處根本不能變動。儘管如此，我猜假如絕對有必要的話，還是可以做些改變。但是翰內，你要知道其中難處。我們的敵人不會笨到去扒羅耶的口袋，或者搞類似的幼稚把戲，他們知道這麼一來將引起軒然大波，我們會提高警戒。他們目標是要在沒人察覺下取得詳細資料，而且羅耶回巴黎時仍確信整個過程絕對保密。如果他們無法這樣做就失敗了，因爲一旦我們存有疑慮，他們密謀的整個計畫就必須改變。」

「所以我們得緊跟在法國人身邊，直到他回國爲止，」我說。「如果他們認爲可以在巴黎取得情報，就會選在那裡下手。這意味著他們在倫敦布局已久，並且認爲在這裡有勝算。」

「羅耶要跟我的上司共進晚餐，然後到我家跟四個人會面——海軍部的懷塔克、我本人、亞瑟·德魯爵士和溫斯坦利將軍。第一海軍大臣因病已經去謝林漢姆①。羅耶在我家會拿到懷塔克帶來的一份文件，然後乘坐汽車去朴茨茅斯②，有一艘驅逐艦會載他去利哈佛③。他這趟行程太重要，不適合搭一般的船和火車，護送他的人一刻都不離身，直到他安全抵達法國本土。懷塔克一樣受到嚴密保護，直到他跟羅耶會面。這是我們所能做到的最大限度，很難想像會出任何紕漏。但我不得不承認自己非常緊張。卡洛萊茲的遇刺使得歐洲各國總理人人自危。」

早餐後，他問我能不能開車。「你今天當我的司機，穿哈德遜的衣服，你跟他的身材差不多。你已經牽扯在這件事中，我們不能承擔任何風險。我們面對的是一些亡命之徒，不會放過回到鄉間靜養的官員。」

我當初來到倫敦時買過一輛車，曾在英國南部開車兜風，所以對地理環境還有一點認識。我載著沃爾特爵士經由貝茲路進城，一路上開得順暢。這是個和煦無風的六月早晨，預期一會兒之後將變悶熱，但開過一條條才灑過水的小鎮街道，穿過一座座泰晤士河谷夏日花園時，還是讓人感到心曠神怡。十一點三十分，我準時把沃爾特爵士送到他位於安妮女王之門街的住所。管家帶著行李坐火車隨後到達。

他先帶我走一趟蘇格蘭場。我們在那邊見到一位不苟言笑的先生，鬍子刮得乾淨，一臉律師長相。

「我幫你把波特蘭坊的兇手帶來了，」沃爾特爵士這麼介紹。那人苦笑以對。「如果早一點兒出現就好，布利文。我想這位是理查．翰內先生，我們有一段時間對你非常感興趣。」

「翰內先生還有讓你們感興趣的事。他有很多話要告訴你，但不是現在。因爲某些重要理由，他的故事得等四個小時後再說。然後，我保證你會聽得興致盎然，也許還會獲得啓發。我希望你能向翰內先生保證，他不會再遭受任何爲難。」

他立刻做出保證。「你可以重拾原本的生活，」我這麼被告知。「你的公寓雖可能不想再住下去，但它仍屬於你的，僕人也還在那裡。既然你從沒被公開起訴，所以我認爲也沒必要公開澄清。但關於這點，當然要看你的意思。」

「我們往後可能還需要你的協助，麥克吉利夫雷。」沃爾特爵士在離開時對那人說。然後他讓我自由行動。

「翰內，明天來找我。不需我提醒，你絕對要保守秘密。如果我是你就會去睡覺，因

1：謝林漢姆（Sheringham）是英格蘭東部的臨海小城鎮。

2：朴茨茅斯（Portsmouth）是英格蘭東南部的港口城市。

3：利哈佛（Le Havre）是法國西北部港口城市，位於塞納河口北岸。

爲你一定很缺乏睡眠，好好補眠一番。你最好保持低調，如果哪個黑石的朋友看到你，麻煩就大了。」

我不習慣這樣無所事事。起先覺得很開心，我恢復了自由之身，可以到任何想去的地方而不用害怕。雖然在警察追緝下只躲藏了一個月，但這就夠我受的。我到薩伏依飯店仔細地點了非常豐盛的午餐，然後抽著他們所能提供最上等的雪茄。但我仍感到緊張不安。坐在休息廳時，只要有人看著我就會心生提防，甚至懷疑他們想到謀殺案。

接著我叫了一輛計程車，搭車到幾英里外的北倫敦，下車往回走。路上穿過原野、別墅、聯排住宅，然後是貧民窟和窮街陋巷，消磨了將近兩小時。在這過程中，我變得愈來愈焦急，覺得有驚天大事正在發生，或者即將發生，自己是整件事的其中一個環節，現在卻置身事外。羅耶要在多佛④上岸，沃爾特爵士和英國少數幾個人正秘密擬定對策，黑石也在暗地裡持續運作。我感覺危機將至，災難迫在眉睫，而我也有一種奇怪感覺，就是唯有自己才能扭轉情勢，獨自與其對抗。但我現在是個局外人，又有什麼辦法呢？這些內閣部長、海軍大臣和將軍不可能允許我加入他們的會議。

我眞的開始想要遇上那三個敵人中的任何一人就好，這會導致不同的情況發展。我非常想跟那些傢伙大幹一場，然後奮力出擊，解決對手。我的火氣很快就上來了。

我不想回自己的公寓。雖然終究是得面對，但身上的錢還夠，我想明天早上再說，先去找間旅館過夜。

我到傑明街一家餐廳吃晚飯，用餐時一直焦躁不安。我沒有很餓，有幾道菜沒嚐一口就請人收走。我喝了大半瓶勃艮第紅酒，但完全提不起興致。令人厭煩的焦躁佔據心頭。這就是我，一個凡夫俗子，沒有出眾的頭腦，但我確信這事要順利完成，無論如何都要有我的協助才行，否則一切努力都將化爲烏有。我告訴自己這只是愚蠢的自信，在大英帝國所有力量支持下，那四、五個最聰明的人當然壓得住陣腳。但我無法說服自己，似乎有個聲音在我耳邊一直說，起身行動，否則會永遠後悔。

結果在九點半左右，我決定前往安妮女王之門街。我很有可能不被允許進入，但至少我問心無愧了。

我沿著傑明街走，在杜克街轉角遇上一群年輕人。他們穿著晚禮服，吃過晚餐，正要前往音樂廳。其中一人是馬莫杜克·喬普利。

他看見我，突然停下來。

「天啊，那個兇手！」他喊。「在這裡，大家抓住他！他是翰內，犯下波特蘭坊謀

4：多佛（Dover）位於英格蘭東南部，是距離法國最近的海港。

殺案的人！」他用手臂扣住我，其他人圍成一圈。我不想惹上麻煩，但壞情緒讓我幹了傻事。一名警察過來，我應該告訴他實情，就算他不信，可以要求他把我帶去蘇格蘭場，或者到最近的警局。但此時的任何拖延對我來說都無法忍受，而且一見到馬米那張蠢臉更是怒不可遏。我揮出左拳，稱心如意地看他躺在水溝裡。

然後開啓了一陣混亂。他們立刻一擁而上，警察從後面抓住我。我使勁揮了一、兩拳，因爲我相信如果是一對一，我早就把他們大部分人擺平，但警察從後面把我壓住，其中一人用手指掐住我喉嚨。

一片怒罵聲中，我聽到警官問發生什麼事，被打斷牙齒的馬米宣稱我是殺人兇手翰內。

「喔，該死，」我喊，「叫這些傢伙閉嘴。我勸你放我走，警官。蘇格蘭場非常清楚我的事。如果你爲難我的話會遭受斥責。」

「你得跟我走一趟，年輕人，」警察說。「我看到你打那位先生，狠狠的一拳，而且是你先動手的，因爲他沒做任何事。我都看到了，最好安靜跟我走，否則就把你銬起來。」

怒氣沖天加上滿腦子在想不能耽誤，給了我像大象一般的蠻力。我把警察整個拽倒，掐我領口的人也被揍翻在地，然後使盡全力沿著杜克街跑下去。我聽到警哨響起，一群人追在後面。

我原本就跑得很快，那晚更像長了翅膀。我一溜煙就來到帕摩爾街，然後轉往聖詹姆斯公園方向。我在王宮門口躲掉警察，在林蔭大道入口處穿越來來往往的馬車，趁著追趕的人還沒過馬路前走向大橋。到了公園開闊大路上，我拔腿衝刺，還好周圍人不多，沒人試圖攔阻。我賭上一切前往安妮女王之門街。

當我進到那條安靜大街時，四下空無一人。沃爾特爵士的家是在街道變窄的那端，門口停了三、四輛汽車。我在幾碼距離外速度放緩，輕快地走向門口。如果管家不放我進去，甚至開門遲一些，我就完了。

他沒耽擱時間，我一按鈴門就開了。

「我必須要見沃爾特爵士，」我氣喘吁吁地說。「我的事絕對重要。」

管家是個俐落的人。他紋風不動地將門拉開，放我進去後把門關上。「先生，沃爾特爵士在開會，我被交待別讓任何人進去。你可能得等。」

這是舊式風格的房子，有一條寬敞的走廊，房間位於兩側，走廊底有一間凹室，裡面放了電話和幾張椅子，管家請我坐在那兒。

「聽我說，」我低聲跟他講。「我在外面惹上麻煩，但沃爾特爵士能理解，我在為他工作。如果任何人上門找我，就跟他們撒個謊打發掉。」

他點點頭。不久街上傳來喧嘩的人聲，接著門鈴聲大作。我實在欽佩這位管家，他打開大門，面不改色等待詢問，然後一一回覆。他告訴他們這棟房子的主人是誰，交待下來怎樣的指示，直接將他們擋在門外。我從凹室看到整個過程，它比任何戲劇都要來得精采。

我沒等多久，門鈴再度響起。管家毫不猶豫接待了這位新訪客。

當他脫掉外套時，我看到他的長相。你只要翻開報紙或雜誌就會看到這張臉——灰白鬍子修剪得像鐵鍬一樣直挺，嘴型堅定勇於迎戰，鼻樑粗大寬闊，一雙藍眼銳利有神。我認出他是第一海務大臣，人們所說建立英國新海軍的人。

他從我坐的凹室前走過，被帶進走廊後面的房間，當門打開時，我聽見低沉的話語聲。門被關上，留下我一個人獨處。

我在那兒坐了二十分鐘，思索接下來要做什麼。我仍非常確信這事需要我幫忙，但不知何時或如何幫得上忙。我不斷去看手錶，接近十點半的時候，我認會議應該快要結束。再過一刻鐘的時間，羅耶就要匆匆趕往朴茨茅斯。

然後我聽到一聲鈴響，管家應聲出現。後面的房間門打開，第一海務大臣走出房間。他從我前面走過，經過時朝這邊瞄了一眼，霎那間我們四眼對望。

僅管只有一秒鐘，但足夠讓我心臟快跳出來。我沒見過這位重要人物，他也沒見過我，但就在那頃刻間，他眼中閃過某種神情，一種認出我的神情。你絕不會搞錯，那是眼中閃現的火花，那種極其細微的變化只代表一件事。他下意識的反應瞬間消失，繼續走了過去。我腦子裡千頭萬緒一團亂，只聽見大門在他身後關上。

我拿起電話簿，找到他家號碼。我立刻就撥通了電話，聽到一位僕人的聲音。

「請問爵爺在家嗎？」我問。

「爵爺半小時前回家，」那聲音說，「現在去睡覺了。他今晚不太舒服。你要留言嗎，先生？」

我掛斷電話跌坐在椅子裡。這件事還有我的戲份。眞是千鈞一髮，還好我及時發現。現在一刻都不能耽誤，我放膽衝向後面房間，沒敲門就闖進去。

五個人坐在圓桌旁，一臉驚訝抬頭看我。沃爾特爵士坐在那兒，還有國防大臣德魯爵士，我認得這人，因爲見過他的照片。一位削瘦上年紀的人，大概是海軍部的懷塔克，然後是溫斯坦利將軍，顯而易見的是他前額的長條傷疤。最後一位矮胖的人，留著鐵灰色八字鬍，眉毛濃密，坐在中間的位置。

沃爾特爵士面露詫異和不悅。

「這位是翰內先生，我跟各位提過的那個人，」他向在場的人致歉說。「翰內，你來得恐怕不是時候。」

我冷靜了下來。「這還不一定，先生，」我說；「但我認爲現在是關鍵時刻。拜託，各位，告訴我剛才走出去的是誰？」

「阿洛亞爵士。」沃爾特爵士說，而且氣得滿臉通紅。

「他不是，」我喊道：「他是長得非常像的一個人，但不是阿洛亞爵士。他認出我來，是過去一個月我曾見過的一個人。他才剛出大門，我就立刻打電話到阿洛亞爵士家裡，被告知他半小時前到家，而且已經去睡覺。」

「那他……是誰……」有個人結結巴巴問。

「是黑石。」我大聲說出，然後坐到那人剛騰出的空位環視一圈，看到五張驚嚇不已的臉孔。

第九章　三十九級台階

「胡說八道！」海軍部的懷塔克說。

沃爾特爵士起身走出房間，我們茫然望著桌子。他十分鐘後垮著一張臉回來。「我跟阿洛亞爵士通上電話，」他說。「他被叫起床，非常不高興。他在莫羅斯家吃完飯餐後就直接回家了。」

「這太荒唐，」溫斯坦利將軍打斷他的話。「你的意思是說，那人進來坐我旁邊幾乎半個小時，而我沒察覺他是個冒牌貨？阿洛亞一定昏頭了。」

「你們沒看出精明的地方？」我說。「你們太專注在其他事情而沒去留意，理所當然認爲他是阿洛亞爵士。如果換做其他人，你們可能會看得更仔細，但他出現在這兒是最正常不過的事，於是讓你們全都失去警覺。」

接著，法國人說話了，講得非常緩慢，一口標準英語。

「這位年輕人說得對，他的心理分析做得很好。我們的敵人並不傻！」

他緊皺著眉頭。

「我告訴你們一個故事，」他說。「事情發生在許多年前，是在塞內加爾。我駐紮在一個外派基地，爲了消磨時間，常去河邊釣大白魚。幫我扛午餐籃的是一匹阿拉伯小母馬——就是以往在廷巴克圖①可以見到的那種暗褐色品種。有一天早上，我釣得正起勁，母馬變得莫名躁動，聽到牠一直嘶叫和跺腳，我不斷發聲安撫，但心思全放在釣魚上。馬就栓在二十碼遠的一棵樹上，我認爲自己眼睛餘光隨時都能看見牠。幾小時後，我開始覺得餓了，把釣到的魚裝到一個防水袋，沿著河邊走向母馬，一路高興唱著歌。我到母馬那邊時，準備把防水袋甩到牠背上——」

他停頓下來，環顧四周。

「有一股氣味讓我警覺起來。我轉過頭去，發現自己正看著三英尺外的一頭獅子……。這頭老食人魔正是村民的夢魘……。在牠身後，我的母馬只剩下一大灘血、骨頭和內臟。」

「後來呢？」我問。我眞是個追根究底的人，聽故事一定要知道眞正結局。

「我把釣魚竿塞進牠嘴裡，身邊還有一支手槍。我的僕人也立刻拿來福槍趕來，但牠還是在我身上留下標記。」他舉起少了三根手指的一隻手。

「仔細想想，」他說。「母馬已經死了超過一小時，此後那畜牲就一直耐心盯著我。我根本沒看到母馬被殺，因爲習慣了牠的躁動，完全沒留意牠不見了，我只意識到牠是個黃褐色的東西，而那頭獅子正好塡補了那位置。如果我在人們會提高警覺的荒野，都有可能犯下這種大錯，各位先生，爲什麼我們這些忙碌的城市人不會犯下同樣錯誤？」

沃爾特爵士點了點頭。沒人反駁得了法國人。

「但我不明白，」溫斯坦利將軍繼續說。「他們的目標是在我們渾然不知下取得佈署計畫，現在只要我們其中有人跟阿洛亞爵士提到今晚的會議，整個詭計就被拆穿了。」

沃爾特爵士乾笑了幾聲。「選擇阿洛亞爵士正顯示他們聰明的地方。我們誰有可能跟他談到今晚的會議？或者他有可能開啓這話題？」

我記得第一海務大臣以沉默寡言和脾氣暴躁稱著

「有一件事我想不透，」將軍說，「那個間諜來這裡有什麼用呢？他又不能把幾頁圖

1：廷巴克圖（Timbuctoo）是西非馬利共和國的一座城市，位於撒哈拉沙漠南緣。

形和陌生地名記在腦子裡帶走。」

「那並不難，」法國人反駁他。「優秀的間諜被訓練到擁有精確的記憶，像你們的麥考雷就是這樣。你注意到他不發一語，把這些文件從頭到尾看了又看。我們可以認定他把所有細節都印在腦海裡了。我年輕時也會幹相同把戲。」

「嗯，我認為無計可施了，只能修改佈署計畫，」沃爾特爵士懊悔地說。

懷塔克看來愁容滿面。「你有告訴阿洛亞爵士發生什麼事嗎？」他問。「沒有？喔，我不能把話說死，但幾乎可以確定的是不能做重大修改，除非改變英國地形。」

「另一件事必須要提，」羅耶開口了。「那個人在場時，我說話毫無顧忌，講出一些我國政府的軍事計畫。我被授權可以講這些內容，但這些情報對我們的敵人而言相當有價值。不，朋友們，我看沒別的辦法。來這裡的那個人和他的同夥必須被抓起來，而且要立刻動手。」

「天啊，」我喊道，「我們連一點線索都沒有。」

「此外，」懷塔克說，「那裡還有郵局，到這時候情報已經寄出去了。」

「不，」法國人說。「你不懂間諜的習性。他親自收取酬勞，也當面交出情報。我們在法國對這種人多少有些了解。還是有機會的，我的朋友們。這些人必須跨海過去，所以要搜查船舶，監視港口。相信我，為了法國和英國，這是絕對必要的。」

羅耶沉著的判斷似乎把大家凝聚在一起。在摸不著頭緒的一夥人中，他是個會付諸行動的人。但我在大家臉上看不出有抱持希望，我自己也感覺如此。

我們要如何在十幾個小時內，從眾多島嶼上的五千多萬人口中，抓到這三個歐洲最精明的惡棍？

我突然有了靈感。

「斯卡德的簿子在哪兒？」我朝沃爾特爵士喊。「趕快，先生，我記得裡面寫了些什麼。」

他打開寫字桌的櫃門，把簿子拿給我。

我找到那地方。「三十九級台階，」我又唸一遍，「三十九級台階──我自己數的──晚上十點十七分滿潮。」

懷塔克看著我，似乎認爲我失去理智了。

「看不出來嗎？這是個線索，」我嚷嚷著。「斯卡德知道這些傢伙藏身何處，也曉得他們打算從哪裡離開這國家，只是不告訴別人。他指的就是明天，某個地方在晚上十點十七分滿潮。」

「也許他們今晚就離開了，」有個人說。

「不，他們自有一套安全的秘密方法，不會倉促行事。我了解德國人，他們熱中於按表操課。我到底可以從哪兒弄來一本潮汐表？」

懷塔克臉色一亮。「這是個機會，」他說。「我們到海軍部去。」

我們坐進兩輛等候的汽車——除了沃爾特爵士，他要前往蘇格蘭場，依他說法是去叫麥克吉利夫雷「動員起來」。

我們快步走過空盪走廊和寬敞大廳，一旁的女清潔工正忙著打掃，然後來到一間擺滿書籍和地圖的小房間。一位留守職員被喚來，不久就從藏書中拿出海軍部潮汐表。我坐到書桌前，其他人圍在旁邊，就這樣自然而然讓我擔負起這項任務。

情況不妙，裡面羅列好幾百條項目，就我看到符合十點十七分的大概涵蓋五十個地點。我們必須找方法縮小範圍。

我抱頭思索，心想一定有辦法解讀這謎語。斯卡德講的台階是什麼？我想到碼頭階梯，但如果他是這意思，我不認爲會提到台階數。那一定是有許多條階梯的地方，以一條有三十九級台階的階梯跟其他階梯區分。

然後我迅速想到可以搜尋所有輪船航班，結果沒有一艘是在十點十七分出發前往歐洲大陸。

爲麼滿潮至關重要？如果是海港，一定在某個深受潮汐影響的小地方，或者是一艘吃水很深的船。但那時間沒有定期船班航行，我也不認爲他們會從普通港口搭一艘大船離開。所以一定是某個滿潮才能出海的小港，或者根本不是港口。

但如果是個小港，我看不出台階數有什麼重要性。

我所見過的港口都沒有很多條階梯，它一定是指在某個地方可以認出特定的一條階梯，這地方的滿潮時刻是十點十七分。整體而言，我覺得應該是在比較開闊的海岸，但階梯的問題依舊讓我百思不解。

我退一步擴大範圍去想，一個要趕往德國的人，希望行程快速而隱密，他可能從哪裡離開？不會從任何大港口，也不會取道英吉利海峽、西海岸或蘇格蘭，要記得他是從倫敦出發。

我在地圖上測量距離，試著用敵人的角度去想。

我會嘗試在奧斯坦德②、安特衛普③或鹿特丹④登岸，那麼應該從東海岸的克羅麥⑤與多佛之間出航。

2：奧斯坦德（Ostend）是比利時的濱海城市，北臨北海

3：安特衛普（Antwerp）是比利時的港口城市，北接荷蘭。

4：鹿特丹（Rotterdam）是荷蘭南部的海港城市。

5：克羅麥（Cromer）是英格蘭東部的濱海小鎮。

這些都是不怎麼嚴謹的猜測，不敢說多有見解或依據。我完全不像福爾摩斯，但總覺得自己有解決這類難題的天賦。我沒把握能清楚解釋心中想法，但習慣讓腦子盡量推理，走進死胡同時就去猜測，而且發現自己的猜測還蠻正確。

所以我用海軍部的一張小紙條寫下自己所有的結論。內容是這樣：

可以確定

（1）一個有多條階梯的地方；要找的那條階梯有三十九級台階。

（2）十點十七分滿潮，只有滿潮時才能離岸。

（3）台階不是指碼頭階梯，所以地點可能不是港口。

（4）十點十七分沒有定期夜間船班，意味著必須搭乘不定期貨船（不太可能）、快艇或海釣船。

我的推理到此爲止。我列了另一份清單，標題寫下「據我猜測」，但我覺得跟前面一份同樣有把握。

據我猜測

（1）地點不是港口，而是開闊的海岸。
（2）搭乘很小的船——拖網漁船、快艇或汽艇。
（3）地點在東岸，介於克羅麥和多佛之間。

眼前情況讓我覺得很古怪，自己坐在書桌前，旁邊的內閣大臣、陸軍元帥、兩位政府高官和一位法國將軍緊盯著，看我努力從一個死掉的人寫的潦草筆記中，解讀出攸關我們生死的秘密。

沃爾特爵士加入了我們，不久之後麥克吉利夫雷也到達。他已發布命令監視港口和火車站，嚴密搜尋我跟沃爾特爵士描述的那三個人。不僅是他，所有其他的人也都認爲這麼做沒多大用處。

「我能想出來的都寫在這裡，」我說。「我們必須找到的地方，那裡有許多階梯通往海灘，其中一條有三十九級台階。我認爲是在比較開闊的海岸，岸邊有高大的懸崖，位置介於華許灣⑥和英吉利海峽之間。同時，這地方的滿潮是在明天晚上十點十七分。」

6：華許灣（The Wash）是位於英格蘭東岸的海灣河口，與北海接壤。

然後我想到一個主意。「有沒有海岸警備隊巡查員或者類似的人，他對東海岸瞭若指掌？」

懷塔克說有這樣的一個人，就住在克蘭姆⑦。

他坐車去把人接來，其他人坐在小房間裡，隨興聊了些什麼。我點燃菸斗，把整件事重新審視一遍，直到腦子都累了。

海岸警備隊的人在凌晨大約一點鐘到達。他是個和善的老先生，看起來像海軍軍官的樣子，對身旁的官員畢恭畢敬。我請國防大臣問他話，因為覺得他不認為這裡有我開口的餘地。

「我們想要你告訴我們，你知道東岸哪些地方有懸崖，而且有數條階梯通往海灘。」

他想了一會兒。「長官，你是指哪種階梯？很多地方的崖壁上都有開鑿步道，大部分步道都有一、兩級台階。或者您是指一般階梯——整條都是台階，可以這麼說嗎？」

亞瑟·德魯爵士朝我這邊看過來。「我們是指一般階梯。」我說。

他思考了一、兩分鐘。「我想不到任何地方。等一下，諾福克郡有個地方，叫做布拉特舍姆，就在高爾夫球場旁邊，那裡有好幾條階梯，讓男士們可以下去撿球。」

「不是那裡。」我說。

「不然還有許多濱海廣場，如果你是指這個，每處海濱度假勝地都有。」

我搖了搖頭。「比那些地方要更偏僻。」我說。

「喔，各位，我想不到其他地方了。當然，還有個叫做拉弗——」

「什麼地方？」我問。

「位於肯特郡⑧的一大塊白堊石海岬，靠近布萊蓋特。崖頂上有許多別墅，其中有些房子建了階梯通往下面私人海灘。那是非常高級的地區，居民都各自生活，互不往來。」

我翻開潮汐表，找到布萊蓋特。那裡的滿潮時刻是六月十五日晚上十點二十七分。

「我們終於有線索了，」我興奮喊道。「我要如何查到拉弗的滿潮時刻？」

「我就可以告訴你，先生，」海岸警備隊的人說。「我這個月才在那裡租過房子，晚上經常出海釣魚。滿潮時刻比布萊蓋特早十分鐘。」

我合上潮汐表，環顧四周夥伴。

「各位，如果其中一條階梯有三十九級台階，我們就解開謎團了。」我說。「我想借你的車，沃爾特爵士，還有一份公路地圖。如果麥克吉利夫雷先生能騰出十分鐘，我認為

7：克蘭姆（Clapham）是倫敦南部的一個地區。

8：肯特郡（Kent）是位於英格蘭東南部的郡，濱臨英吉利海峽與北海交界處。

大家可以開始爲明天做準備。」

我很荒謬地就這樣扛起責任，但大家似乎不以爲意，畢竟我從一開始就攪和在裡面。此外，我也習慣幹苦差事，這些高官聰明到不會看不出這點。委任我這項使命的是羅耶將軍。「以我個人而言，」他說，「很樂意將此事交給翰內先生處理。」

三點半的時候，我風馳電掣掠過月光照亮的灌木叢，開在肯特郡的道路上，旁邊坐的是麥克吉利夫雷最出色的手下。

第十章　各方人馬會集海邊

六月的早晨，藍色天空映著一抹桃紅朝霞，我在布萊蓋特的葛里芬飯店俯視平靜大海，庫克沙洲附近停了一艘燈塔船，遠眺過去就像浮標那般小。南方幾英里外，更接近海岸的地方，有一艘小驅逐艦下錨停泊。麥克吉利夫雷的手下斯凱福曾在海軍服役，他認得那艘軍艦，還告訴我艦名和船長是誰，於是我發電報給沃爾特爵士。

早餐後，斯卡福向一位房屋仲介拿到拉弗所有階梯的柵門鑰匙。我跟他走上沙灘，當他去調查這六條階梯時，我就坐在懸崖底下隱蔽處。我不想被發現，但此時這地方相當冷清，在海灘上的這段時間只見得到海鷗。

調查工作花了一個多小時，他走向我時讀著手上的小紙條，我可以說緊張得心都快跳出來了。你知道，一切就看這結果，證明我的猜測是否正確，他大聲唸出每條階梯的台階數。「三十四，三十五，三十九，四十二，四十七，」還有，「二十一，懸崖變低了。」我激動得幾乎跳起來大叫。

我們趕回鎮上，發電報給麥克吉利夫雷。我要求增派六個人前來，指示他們分別到特定的不同飯店。斯卡福前去勘察三十九級台階上的那棟房子。

他帶回來的消息讓我感到既鼓舞又困惑。那棟房子稱爲特拉法加別墅，屋主是一位叫做阿普烈頓的老先生，房屋仲介說他是退休的股票經紀人。阿普烈頓先生夏天時常來，目前住在這裡，已經來了快一星期。斯卡福能查到的資料很少，只知道他是個親切的老人，按時繳交帳單，經常捐錢給一個地方慈善機構。

斯卡福假扮成縫紉機推銷員，似乎是從後門溜進去。屋子裡只有三名僕人，分別是女廚師、侍女和女傭，他們是那種一般可見的中產階級。廚師不愛閒聊，很快就當他的面把門關上，但斯卡福確定她什麼都不知道。隔壁是一棟建造中的新屋，可提供良好掩蔽進行監視，另一側的別墅招租中，庭院裡雜草叢生。

我向斯卡福借了望遠鏡，趁午餐前到拉弗走一趟。我小心走在成排別墅後面，在高爾夫球場邊緣找到一處觀察好地點。從這裡，我可以看見崖頂整排草坪，草坪上每隔一段距離放了一張座椅，還有一小塊圍起來的地，裡面種滿灌木，階梯便是從這裡通往下面海灘。我可以清楚看到特拉法加別墅，一棟有陽台的紅磚屋，房子後面有一個草地網球場，前面則是一般的濱海花園，種滿了雛菊和天竺葵。那裡有一根旗杆，在無風的空中垂掛著一面巨大的英國國旗。

不久，我注意到有個人離開房子，沿著崖頂漫步。我用望遠鏡看到一個老人，穿著白色法蘭絨長褲和藍色嗶嘰夾克，頭上戴一頂草帽。他手上拿了望遠鏡和報紙，坐到其中一張鐵椅上開始看報紙。有時他會放下報紙，用望遠鏡看海面，盯著那艘驅逐艦好長一段時間。我觀察他半小時，直到他起身回屋子裡吃午飯，而我也回飯店去吃我的中餐。

我覺得不是很有把握，自己預期見到的不是這種正規的一般住宅。這人也許是荒原農場的那個禿頭收藏家，也許不是。他完全符合那種在郊區或度假勝地都可看到，心滿意足過著退休生活的老人。如果你要找一個善良老百姓的完美典範，可能選中的就是他。

然而午餐過後，我坐在飯店陽台時重新振奮了起來，因爲看到期待中的東西，還好沒錯過。一艘快艇從南邊過來，正對著拉弗下錨停泊。快艇噸位大概有一百五十噸，從白船旗可以看出它屬於皇家海軍。因此斯卡福和我下去港口那邊，雇一位船夫載我們下午出海釣魚。

我們度過溫暖平靜的下午，兩人釣到大約十磅的鱈魚和青魚，我在波濤起伏的藍色大海上有了更樂觀的看法。拉弗的白色崖頂上，我看到一棟棟紅綠相間的別墅，特拉法加別墅的那根大旗杆尤其顯眼。四點鐘左右，魚也釣夠了，我吩付船夫划去快艇那邊，它就像一隻纖細的白色大鳥停在水面，準備時機來臨展翅高飛。斯卡福說看它外形就是一艘速度很快的船，而且還有相當強大的引擎。

船名是《阿里亞德涅號》，我從一名在擦亮銅件的船員帽子上看到的。我跟他攀談，聽到的是輕柔的艾塞克斯①方言，另一個人過來告訴我現在時間，他講的無疑是英國腔。我們船夫和其中一名船員爭論起天氣，這段時間我們划到了右舷接近船頭的地方。

然後這些船員突然不理我們，低頭做他們的工作，因爲一名軍官在甲板上走過來。他是一個整潔而討人喜歡的年輕人，用非常流利的英語問我們釣魚的問題。但有一點毫無疑問，他的頭髮剪得極短，還有衣領與領帶的剪裁，顯示他絕對不是英國人。

這多少讓我重拾一些信心，但我們划回布萊蓋特後，心中難以消除的疑慮仍舊存在。想到敵人知道我從斯卡德那裡得到情報，還給我線索找到這裡，這件事一直困擾著我。如果他們知道斯卡德有這條線索，爲什麼沒改變計畫？他們承擔不起任何風險。根本的問題是他們對於斯卡德的情報了解多少。昨晚我還自信滿滿說德國人總是按表操課，但他們只要有一絲的懷疑，猜想我可能在跟蹤他們，卻又不做任何補救，那麼他們就是笨蛋。我納悶著昨晚那個人是否看出我認得他。不知什麼理由，我總覺得他沒看出來，而且堅持這想法。經過各方判斷，我應該爲即將到手的勝利感到歡欣鼓舞，但整件事情到這下午看起來似乎疑點重重。

在飯店，我跟驅逐艦的艦長碰了面，斯卡福將他介紹給我。我跟他說了幾句之後，決定要花一、兩個小時去監視特拉法加別墅。

我在山崖更高處找到地方，是在一棟空屋的花園裡。我從這裡可以看到整個別墅院子，兩個人正在打網球。一位是已經見過的老人，另一位是個年輕人，腰間繫著印有某個俱樂部徽章的長巾。他們打得很帶勁，就像兩個城市人想要賣力運動，鬆開筋骨。你無法想像比這更天真無邪的場面。他們大聲呼喊，發出歡笑，當侍女端用盤子端出兩大杯啤酒時，他們放下球拍暢飲一番。我揉一揉眼睛，問自己究竟是不是最大的傻瓜？在蘇格蘭荒原開飛機、坐汽車追捕我的那些人，全身瀰漫著神秘暗黑的氣息，尤其是那可怕的古物收藏家。那些傢伙讓你很容易就聯想到斯卡德被釘在地板上，還有破壞世界和平的陰謀。但眼前是兩個老實的平民，從事無害的運動，沒過多久會進屋子裡吃著平凡的晚餐，席間談著股票價格和板球比賽，閒聊家鄉瑣事。我佈下天羅地網要捕捉禿鷹猛禽。你看！結果兩隻胖嘟嘟的畫眉鳥撞了進去。

1：艾塞克斯（Essex）是英格蘭東部的一個郡。

不久，第三個人到達，一個騎腳踏車的年輕人，背上揹著一袋高爾夫球桿。他漫步到網球場，受到兩人熱烈的歡迎。他們誇張地逗弄他，嘻鬧聲聽來是道地的英語。然後那個胖男人用絲手帕擦一擦眉毛，說他要去洗個澡。我清楚聽到他說：「我開始進入狀況了，」他說，「這會降低我的加權值和差點，鮑伯。明天再和你較量，每洞讓你一桿。」這是最標準不過的英國生活。

他們全都進屋子裡去，留我獨自覺得自己是個大傻瓜。我這次應該搞錯目標了。這些人也許是裝出來的，但若是如此，那麼裝給誰看呢？他們不知道我就坐在三十碼外的杜鵑花叢裡。就是無法相信這三個精神飽滿的傢伙不是表面看的那樣——三個普普通通，從事運動的郊區英國人，你要說他們平凡到乏味也好，但就是清白得讓人討厭。

不過的確是有三個人，一個老，一個胖，一個又瘦又黑，他們房子重復出現在斯卡德筆記裡，然後半英里外停著一艘蒸汽快艇，上面至少有一名德國軍官。我想到卡洛萊茲遇刺身亡的事，整個歐洲在戰爭邊緣顫抖，還有倫敦那些人焦急等候接下來幾小時會發生的事。毫無疑問的是陰謀正在進行中，黑石已經贏了前半場，如果他們在六月的這個晚上還能逃脫，勝利又會再加一筆。

現在似乎只有一個辦法，就是當做自己毫無疑心，勇往直前，就算注定出醜也要幹得漂亮。我這一生從沒面對這麼提不起勁的工作，當時心想寧願是走進無政府主義者的巢穴，對方手上都拿著白朗寧手槍，或者是拿著空氣槍迎向衝過來的獅子，而不是闖進三個興高采烈的英國人家裡，告訴他們遊戲結束了。他們一定會大大嘲笑我一番！

但我突然想起以前老彼得．皮納爾在羅德西亞對我說的話，前面也曾引述過。他是我見過最厲害的偵探，回歸正途前經常遊走法律之外，被當局追得很緊。彼得有一次跟我討論僞裝的問題，他的一套理論在當時讓我印象深刻。他說除了像指紋那樣具有絕對確定性之外，如果逃犯眞的知道如何僞裝，只靠身體特徵是很難被認出來的。他對染髮和戴假鬍子嗤之以鼻，認爲是小孩子的把戲。唯一重要的事，彼得稱之爲「氛圍」。

如果一個人可以完美融入其他環境，跟他最初被看到的環境截然不同——這是重要的部分——然後配合新環境扮演角色，彷彿自始至終都活在其中，那麼世上最聰明的警探也會被迷惑住。他經常說一個故事，講到自己曾偷來一件黑外套，穿到身上走進教堂，和追緝他的人併肩而坐共用一本詩歌簿。如果追他的人曾在正經場合看過他就會一眼認出，但對方只見過他在餐酒館拿左輪手槍射破燈泡。

一想起彼得說的話，讓我這天第一次眞正感到安慰。彼得是個有智慧的老手，我在追的這些人也不是簡單傢伙，如果他們玩的是彼得的把戲呢？傻瓜才會讓自己看起來不同，聰明人讓自己看來沒什麼不同，實際上大有不同。

此外，彼得的另一番話也在我假扮修路工時有所助益。「假扮一個角色時，你不可能不露破綻，除非設法說服自己融入角色。」這就可以解釋他們打的那場網球。那些傢伙不需裝模作樣，他們只是按個開關，轉換到另一個生活，對他們而言就像原本生活一樣自然。聽起來了無新意，但彼得經常說這是所有知名罪犯的重要秘訣。

現在快八點鐘，我回去找斯卡福，下達給他的指示，並且一起討論如何部署他的人，然後我出去散步，因爲根本吃不下東西。繞著空無一人的高爾夫球場走，我來到懸崖北邊遠離別墅的一個地方。

在新建的平坦小路上，我遇見從網球場和海灘往回走，穿著法蘭絨衣服的人們，一個從無線電站回來的海岸警備隊隊員，還有一些傻呼呼的可笑男士踏著輕快步伐走回家。藍色薄暮籠罩的外海上，我看到《阿里亞德涅號》和在它南方的驅逐艦亮起燈光，往庫克沙洲望去的遠方有更亮的光點，那些是航向泰晤士河的輪船。整幅景象是如此祥和平凡，我心情變得愈加沮喪。大約九點半的時候，我終於下定決心走向特拉法加別墅。

在路上，我看到一隻灰獵犬搖著尾巴，跟在一名保姆身後，扎實地感到一陣安慰。牠讓我回想起自己在羅德西亞曾經養過的一隻狗，還有帶著狗去帕里山打獵的時光。我們去打短角羚，暗褐色的那種，想到我們追趕一隻公羊時，眨眼間完全追丟了的事。灰獵犬依賴視力，而我的眼力也不差，但公羊就在我們眼前消失無蹤。後來我發現是怎麼回事。公羊站在灰岩石前，就像烏鴉在烏雲前一樣不顯眼。牠不需要跑掉，只需站著不動，將自己融入背景。

這些記憶在我腦中閃過，突然想到這道理正適用在目前情況。黑石不需急著逃跑，他們靜靜融入這幅景象中。我的方向沒錯，心裡不斷這樣告訴自己，而且對彼得．皮納爾發誓絕對不要忘記。

斯卡福的人手現在應該佈署好了，但我看不到一個人影。特拉法加別墅座落在那兒，就像一個空間開放的市場，任何人都看得到。一道三英尺長的籬笆將它與道路隔開，一樓窗戶全都敞開，透露出人影重重的燈光和低沉話語聲，顯示屋裡的人快吃完晚餐了。一切都那麼公開在檯面上進行，就像舉辦義賣會一樣。我覺得自己像個傻瓜，推開大門，按響門鈴。

像我這種在艱苦環境闖蕩過的人，跟所謂的上流社會和下層階級兩種人都相處得來。我了解他們，他們也了解我。我跟牧羊人、流浪漢以及修路工在一起時悠然自得，面對沃爾特爵士和昨晚遇見的那些人也輕鬆自在。我無法解釋爲什麼會如此，但這是事實。不過我這種人最不了解的是那些住在郊區宅院，生活安逸滿足的中產階級。我不知道他們如何看待事物，也不清楚他們的習性，提防他們就像深怕見到眼鏡蛇一樣。當服裝整齊的侍女打開門時，我幾乎聽不到自已說話的聲音。

我說要找阿普烈頓先生，接著被帶進屋內。我原本計畫直接走進飯廳，意外的現身讓那些人在驚訝中掩藏不住認得我的神情，這就能證實我的猜測。然而當我站在整潔的門廳時，卻被眼前景象給收服了。那裡放著高爾夫球桿和網球拍，草帽和便帽，一排手套，成捆手杖，都是在每個英國家庭中可以見到的東西。還有一疊摺放整齊的外套，覆蓋防水布的舊橡木箱，滴答作響的落地擺鐘，牆上掛著擦亮的銅製暖床炭爐，一個氣壓計，以及一張奇爾特恩贏得聖烈治錦標②的海報。這地方就像聖公會教堂一樣正派。當侍女問我貴姓大名時，我無意識地報上姓名，然後被帶到門廳右側的吸菸室。

這房間更是平凡。我沒時間仔細觀察，但在壁爐台上看到幾張裱框的團體照片，我可以發誓那些都是英國公學或大學的照片。我只粗略瞄了一眼，因爲要努力鎮定下來，跟上侍女的腳步。但還是遲了一步，她已經進入飯廳，把我名字告訴主人，我錯過時機去觀察那三個人的表情。

我走進飯廳時，坐在餐桌首位的老人已經起身，繞過桌子來迎接我。他穿著禮服——一件短外套，打了黑領結，另一個我在心中稱之爲矮胖子的人，也是同樣的穿著。第三個是黝黑的傢伙，穿著藍色嗶嘰套裝，繫上暖白色襯領，還佩戴了某個俱樂部或學校的徽章。

老人的舉止看不出破綻。「你是翰內先生？」他慢吞吞說。「你想見我嗎？一會兒就好，兩位，我去去就回來。我們還是去吸菸室比較好。」

雖然我一點把握也沒有，但強迫自己照章行事。我拉了一張椅子坐下來。

「我想我們已經見過面，」我說，「我猜你們知道我來要做什麼。」

房間燈光昏暗，但就我能夠看到的三張臉孔，他們騙人的把戲演得相當逼眞。

「也許吧，」老人說。「我的記憶不是很好，恐怕還得請你說明來意，先生，因爲我眞的不知道。」

「那麼，好吧，」我說，心裡一直覺得自己在胡說八道。「我是來告訴你們，遊戲結束了。我獲得授權來逮捕你們三位。」

「逮捕？」老人說，他看起來眞的吃了一驚。「逮捕！老天，爲什麼呢？」

「爲了上個月二十三日在倫敦謀殺了富蘭克林．斯卡德。」

「我從沒聽過那名字，」老人用茫然的語氣說。

另一個人開口。「就是波特蘭坊謀殺案，我在報紙上讀過那新聞。天啊，你一定是搞錯了，先生！你是哪個單位派來的？」

「蘇格蘭場。」我說。

2：聖烈治錦標（St Leger）是在英國舉行的經典賽馬比賽，賽事成立於1776年。

此後一分鐘，現場一片沉默。老人瞪著盤子，撥弄一顆核果，一副無辜受委屈的模樣。

然後胖子說話了。他有一點結結巴巴，就像在斟酌用字遣詞。

「別緊張，叔叔，」他說。「這是荒唐的誤會，有時免不了發生這種事，我們很容易就能澄清。要證明我們的清白並不難，我可以拿出證據顯示五月二十三日人在國外，鮑伯待在療養院。你人是在倫敦，但可以說明當時在做什麼。」

「說得沒錯，珀西！當然不難。二十三日，就是阿伽莎結婚的隔天！讓我想想那天做了什麼？早上從沃金③來倫敦，跟查理．西蒙斯到俱樂部吃中餐。然後——對了，又到費雪蒙格家吃晚餐。我記起來了，因爲那餐飯的潘趣酒不合胃口，第二天早上很不舒服。等一下，那個雪茄盒就是那餐飯後帶回來的。」他指著桌上的一個東西，不安地笑了笑。

「我認爲，先生，」年輕人客氣對我說，「你會發現自己搞錯了。我們跟所有英國人一樣願意配合執法，同時也不希望看到蘇格蘭場出醜。是吧，叔叔？」

「當然，鮑伯。」老人似乎恢復了嗓音。「毫無疑問，我們竭盡自己所能配合當局。但——這有一點太過分了，我沒辦法忍受。」

「這下奈莉會暗自偷笑了，」胖子說。「她總說你會無聊而死，因爲你從沒遇上什麼事。現在讓你遇到這麼誇張的事了，」他快活地笑了起來。

「天啊，沒錯。想想看，俱樂部會流傳怎樣的一個故事！說實在，翰內先生，爲了要證明自己清白，我以爲自己會生氣，但這太滑稽了！被你嚇了這一跳，但現在也差不多原諒你了！你看起來那麼嚴肅，我都以爲自己可能在夢遊時殺了人。」

這不可能是演出來的，實在太逼眞了。我的心情盪到谷底，第一時間的念頭是開口道歉，然後撤退離開。但我告訴自己，就算成爲全英國的笑柄，我也要奉陪到底。餐桌上的燭光不是很亮，爲了掩飾自己的困惑，我起身走到門邊打開電燈。突然亮起的燈光讓他們眨了眨眼睛，我站在那裡仔細觀察這三張臉孔。

嗯，沒起什麼作用。一個又老又禿，一個又矮又胖，一個又黑又瘦。從外表來看，不能排除他們是那三個在蘇格蘭追捕我的人，但沒有任何可供辨認的依據。當我假扮修路工時看過其中兩人的眼睛，扮演奈德·安斯利時看過另一個人的眼睛，而且我有絕佳的記憶和良好觀察力，但就是無法解釋自己爲何一個都認不出來。他們似乎符合自己宣稱的身分，我沒辦法揪出任何一人。

在這舒適的飯廳裡，牆上掛著蝕刻版畫，壁爐架上擺著一張穿圍裙老婦人的照片，我

3：沃金（Woking）是位於倫敦西南方的一個市鎮，距離倫敦市中心三十七公里。

看不到任何東西讓他們跟荒原上的亡命之徒產生關聯。我身旁還擺了一個銀色雪茄盒，上面刻寫著珀西弗．阿普烈頓贏得聖拜德俱樂部的一場錦標賽。我拚命堅守對彼得．皮納爾許下的承諾，才不致於從這屋子落荒而逃。

「那麼，先生，」老人客氣地說，「經你檢查之後，現在放心了嗎？」

我說不出話來。

「我希望你了解，結束這荒唐的事也算符合你的職責。我不會投訴，但你該知道這對奉公守法的人來說是多惱人的事。」

我搖搖頭。

「拜託，」年輕人說。「這有一點太超過了！」

「你打算把我們送去警察局嗎？」胖子問。「也許那是最好的解決辦法，但我猜你對地方分局不會感到滿意。我有權要求你出示逮捕令，但我不想爲難你。你只是在執行自己的職務，但也得承認這場面非常尷尬。你打算怎麼做？」

現在沒別的辦法，只能呼叫人手進來將他們逮捕，或者承認自己犯錯之後離開。我被整個地方給迷惑住了，尤其是那一臉清白的神情——不僅僅是清白而已，那三張臉孔表現出坦率眞誠的困惑和擔憂

「喔，彼得．皮納爾。」我心裡呧咕著，有一瞬間很想罵自己是個笨蛋，然後請求他

們諒解。

「我提議大家來打一局橋牌，」胖子說。「這樣能給翰內先生一些時間去想清楚，你知道我們一直都是三缺一。你打嗎，先生？」

就像在一般俱樂部裡受邀打牌，我接受了邀約。整件事已經讓我迷惘不已。我們來到吸菸室，裡面擺了一張牌桌，我被招待了菸酒。我像做夢般在牌桌上準備就緒。窗戶是敞開著，懸崖和大海泛著整片黃色月光，我腦袋裡也是整片迷濛。這三個人重回泰然自若的神情，輕鬆談笑起來——就是那種在高爾夫俱樂部裡可以聽到的閒磕牙。我坐在那兒緊皺眉頭，目光游移，一定像個怪人

我的牌局搭擋是那個黝黑的年輕人。我的橋牌打得不錯，但那晚手氣實在不好。他們看出我被唬得團團轉，讓他們變得比之前更加輕鬆。我不斷觀察他們表情，但沒讓我瞧出什麼端倪。他們看起來沒什麼不同，實際上大有不同。我牢牢記住彼得·皮納爾說過的話。

然後，有一件事喚醒了我。

老人放下手中的牌，點燃一支雪茄。他沒立刻把牌拿起來，卻在椅背上靠了一會兒，手指輕輕敲著膝蓋。

我記得這動作，就在荒原農場上，自己站在他面前，身後被僕人用手槍指著的時候。

就是一個小動作，僅僅持續一秒鐘，只有千分之一的機會，這時我很可能看著手上的牌而錯過。但我沒有，而且迷霧似乎瞬間消散。腦海中的某個陰暗處被掀開了，我看著這三個人，完完全全認出他們。

壁爐架上的時鐘敲響十點的鐘聲。

三張臉孔似乎在我眼前改變了，揭露出他們的秘密。那個年輕人就是兇手。我之前在他臉上只看到幽默風趣，現在看到冷酷兇殘。我很確定，是他用刀把斯卡德刺死在地板上，他的同伙開槍射殺了卡洛萊茲。

我看胖子的特徵，時而模糊，時而清晰。他沒有一張真實的臉孔，而是隨心所欲變換上千張面具。這傢伙一定是個出色的演員。也許他就是昨晚假扮阿洛亞爵士的人，也許不是，但那不重要。我猜他可能是最初跟蹤斯卡德的人，而且還留下卡片。斯卡德曾說有個人說話口齒不清，我現在可以想像口齒不清的人有多恐怖。

但老人才是關鍵人物。他是首腦，冷靜沉著，老謀深算，像蒸汽打樁機一樣殘忍無情。現在我的洞察力全開，真不知先前從哪兒看出仁慈和善。他的雙顎像是冰冷的鋼鐵，一對眼透露出猛禽般的冷血神情。我繼續打牌，心頭憎恨不斷湧起，幾乎讓我喘不過氣，搭擋叫牌時都沒辦法回應。我快無法忍受和他們坐在一起。

「喂，鮑伯！注意時間，」老人說。「你別忘了要趕火車。鮑伯今晚要進城。」他轉過頭來對我說。這嗓音現在聽來虛僞得要命。我看了時鐘，將近十點半了。

「我想他可能得取消這趟行程。」我說。

「喔，該死，」年輕人說。「我還以爲你已經結束這場鬧劇。我必須離開，你可以記下我的地址，要我提出任何保證都行。」

「不，」我說，「你必須留下來。」

我認爲他們見到這情況，應該了解只能孤注一擲了。他們唯一的機會是讓我相信自己在幹蠢事，但現在失敗了。不過老人再次開口。

「我會去警察局爲姪子做擔保，這樣應該可以讓你滿意了，翰內先生。」這是幻覺嗎？我在那平順的嗓音中察覺到一絲的停頓。

我瞄了一眼，他眼睛絕對有像獵鷹般瞇了一下，這恐怖畫面烙印在我腦海裡。

我吹響了警哨。

燈光瞬間熄滅，一雙強而有力的手臂將我攔腰抱住，壓住我的口袋，大概以爲我會掏出手槍。

「快跑，法蘭茲，」一個聲音喊道，「上船，上船！」在此同時，我看到自己這邊的兩個人出現在月光照映的草坪上。

黝黑的年輕人跳過窗子穿出去，趁有人抓得到前翻過籬笆逃走。我抓住老傢伙，屋子裡似乎充滿人影。胖子被逮捕了，但我一直注意屋子外面，看到法蘭茲跑在通往階梯入口的那條路上。後面有個人在追他，但看來沒機會追上，他轉身把入口柵欄的門給鎖上了。我兩手掐著老傢伙的脖子，站在那裡盯著入口看，直到他應該走完所有台階，下到海邊。

老人突然從我手中掙脫，衝向牆邊。那裡發出卡嗒一聲，似乎有個控制桿被拉動，然後地底傳來遠方低沉的隆隆聲。透過窗戶，我看到階梯那裡冒起一陣白色煙塵。

有人打開了電燈。

老人用熾烈的眼睛看著我。

「他安全了。」老人喊著。「你們來不及追上……。他已經逃脫……獲得勝利……。黑石鑲在勝利的皇冠上。」

他眼中閃耀著超乎尋常的勝利喜悅。那雙眼睛原本像猛禽獵食般瞇了起來，現在它們驕傲得炯炯有神，燃燒著狂熱的白熾光芒。我第一次了解到自己面對的事有多可怕，這人不僅僅是個間諜，還以骯髒的手段展現自己是個愛國者。

當他被戴上手銬時，我對他說出最後一句話。

「我希望法蘭茲好好享受他的勝利。我應該要告訴你，《阿里亞德涅號》在最後一刻落入我們手中了。」

眾所皆知，七個星期後我們開戰了。我在第一個星期就加入英國陸軍，因爲有參加過馬塔貝列戰爭的經驗，直接被任命爲陸軍上尉。但我認爲穿上這一身的卡其軍服前，自己已經做出最大貢獻。

國家圖書館出版品預行編目(CIP)資料

三十九級台階 / 約翰 · 布肯(John Buchan)原著 ; 林捷逸翻譯.
-- 初版. -- 臺中市 : 好讀出版有限公司, 2023.09

面 ;　公分. --（典藏經典 ;145）
譯自 : The thirty-nine steps.

ISBN 978-986-178-682-7（平裝）

873.57　　112013262

好讀出版

典藏經典 145

三十九級台階 The Thirty-Nine Steps（又名：國防大機密）

原　　著／約翰 · 布肯（John Buchan）
譯　　者／林捷逸
總 編 輯／鄧茵茵
文字編輯／莊銘桓
封面設計／鄭年亨
發行所／好讀出版有限公司
台中市407西屯區工業30路1號
台中市407西屯區大有街13號（編輯部）
TEL:04-23157795 FAX:04-23144188 http://howdo.morningstar.com.tw
（如對本書編輯或內容有意見 請來電或上網告訴我們）
法律顧問　陳思成律師

線上讀者回函
獲得好讀資訊

讀者服務專線／TEL：02-23672044 / 04-23595819#212
讀者傳眞專線／FAX：02-23635741 / 04-23595493
讀者專用信箱／E-mail：service@morningstar.com.tw
網路書店／http : //www.morningstar.com.tw
郵政劃撥／15060393（知己圖書股份有限公司）
印刷／上好印刷股份有限公司
如有破損或裝訂錯誤 請寄回知己圖書更換

初版／西元2023年9月15日
定價：280元

Published by How Do Publishing Co. ,LTD.
2023 Printed in Taiwan

ISBN 978-986-178-682-7